曼。調斯理
張曼娟

曼調斯理

作　　者　張曼娟
企　　畫　紫石作坊
責任編輯　姚明珮、胡金倫

發 行 人　凃玉雲
出　　版　麥田出版
城邦文化事業股份有限公司
100台北市中正區信義路二段213號11樓
電話：（02）2351-7776　傳眞：（02）2351-9179、（02）2351-6320
發　　行　英屬蓋曼群島商家庭傳媒股份有限公司城邦分公司
104台北市中山區民生東路二段141號2樓
E-mail：cs@cite.com.tw
劃撥帳號：19833503　英屬蓋曼群島商家庭傳媒股份有限公司城邦分公司
香港發行所　城邦（香港）出版集團有限公司
香港灣仔軒尼詩道 235 號 3 樓
電話：25086231　傳眞：25789337
馬新發行所　城邦（馬新）出版集團有限公司
Cite（M）Sdn. Bhd.（458372U）
11, Jalan 30D / 146, Desa Tasik, Sungai Besi,
57000 Kuala Lumpur, Malaysia.
電話：603-90563833　傳眞：603-90562833
E-mail：citekl@cite.com.tw
印　　刷　禾堅有限公司
初版一刷　2005年1月

ISBN：986-7782-05-4
售價：200元
Printed in Taiwan

各彈各的調——自序

我一點也不介意自己不夠鄉土或者本土，我迷戀城市生活裡所有的細節，我在城市裡出生、成長、戀愛、旅行、生病，有一天將會死去。

我喜歡天黑之後，佇立在懸空的捷運軌道上，讓光亮的捷運車廂轟隆隆經過頭頂，彷彿穿越我的髮絲。有時候我忍不住在列車駛過的高分貝聲響中吶喊，接著我又想，在東京、在巴黎、在紐約，會不會有別的女人，也在列車經過的軌道下方這樣喊叫？那些音調如果混和在一起，聽起來會是快樂的或者憂傷？

我喜歡看見城市裡忙碌的人們匆促的腳步，很快速的湊在一起，旋即分開。正因爲城市運轉的速度這樣快，我竟常常不期然的遇見小學畢業後再沒連絡過的同學；多年前剛剛確定情感就不告而別的戀人，如果不是在這樣快速的城市裡，或許應該永遠都不再重逢的啊。

城市裡炫奇的燈光，閃亮的品牌，鮮艷的男男女女，常常讓我覺得自己走進了遊樂場。

在遊樂場裡，我不想與人推擠，只想放慢腳步，慢下來才能看得清楚點，想得明白些。

我聽見南腔北調鬧嚷嚷，此岸與彼岸，各彈各的調；男人與女人，各彈各的調；成人與孩子，各彈各的調。我聽見不切實際的唱高調；荒腔走板的半調子；我只願自由自在的即興調；好想要一點溫暖和善的暖色調。

二〇〇一年的夏天，因爲香港經濟日報潘少權先生的邀稿，而有了十四個月的「曼調斯理」專欄寫作。香港，是僅次於台北的，我最熟悉的城市，這樣的邀約對我意義非凡。最後一篇稿子寫完，我收到一封來自香港陌生人的e-mail，他說是從專欄開始認識到我的，就像一杯熱烘烘的牛奶咖啡，喝下去的感覺很好：「我知道你早已是名作家了，以前怕台灣的口味太言情，所以從來沒有翻過你的書，才剛開始習慣閱讀你的專欄，你就不寫了，眞可惜……」都說香港人比較冷漠，我卻常可以感受到溫煦的熱情，雖然，也是各彈各的調，但，起碼願意聆聽。

已經是二十一世紀了。我們的世界有什麼不同？我們的靈魂有什麼不同？我發現，自己並沒有什麼不同。還是執迷於我所執迷的；困惑於我所困惑的，只是，我似乎找到一種更合適的，在城市裡生活的姿態。是一種「慢條斯理」的速度，也是一種「曼調斯理」的主張。在城市裡生活，沒有自己的主張，是絕對不行的。

我們聆聽，我們歌吟，各彈各的調，只希望這些聲調混合起來，能有多一點的快樂，少一點的憂傷。

閱讀・聆聽・即興調

喧嘩・城市・唱高調

曼調斯理

溫柔・他方・暖色調

相逢是路人

暑假結束前，我們選擇了溫哥華、黃石公園與拉斯維加斯，總共十八天的旅行。除了沿途迷魅人眼的風景，我還愛看人，在加拿大的時候，走在陡峭顛簸的山徑上，迎面而來的登山客，將孩子扛在肩頭的；將帳篷負在背上的，氣喘噓噓仍不忘記展露友善的微笑，向我們說「Hi」或是「Hello」，眼神堅定的交會中有著熱情。到了美國，熱情招呼的人就變少了，即使一樣說「Hello」，聽得出應付的意味。

等到我們進入拉斯維加斯，氣氛更加不同，各色人種摩肩接踵，語聲鼎沸，卻是不打招呼的。有時擠在小小的電梯裡，人們各自抬頭看著閃亮的數字鍵一格一格往上跳，臉上有著怠懶的、漠然的神情，或者是因爲已經將太多的氣力花費在輸贏的情緒裡了。

最耐人尋味的是，華人在海外相逢的情景，我們似乎很容易的就可以分辨出哪些是台灣人、哪些是香港人、哪些是大陸人。聽見親切的台灣腔國語，於是停下腳步，詢問彼此是從台北來的還是高雄來的？是自助旅行還是跟團出發？甚至連團費也能相互交流一番。

我們也曾和一群香港人站在一起，等待黃石公園中可能會噴發的一座噴泉，即使語言不甚相通，還是笑得挺開心。後來，我們遇到也是自助旅行的一個華人家族，儘管我們不斷的以友善的眼神與他們接觸，他們卻不斷迴避我們的目光。然而，幾天下來走的路線很一致，每每不期而遇，看見他們緊繃的臉色，我們禁不住揣想：他們是大陸人嗎？果然，在狹仄的山道上，他們走在前方，我們恰巧緊跟在後，聽見這樣一段高聲談話：「怎麼台灣總覺得美國會幫他們呢？如果有一天台海戰爭，美國要敢輕舉妄動，我們管教那飛彈像馬蜂似的，把美國夷爲平地！」

我們驀地停住腳步，與他們背道而行。我聽見自己心中響起的歎息，明明是同文同種的族人，卻連一個善意的招呼也不能打，還比不上異國的陌路人。

沿途上我們也遇見一些喜愛中文的外國人，聽見我們來自台灣，份外親切。美麗的湖邊，一位銀髮老士紳用中文向我們問好，說他的妻子是中國人。他不斷對著我的父母親微笑，並且指著我年邁的父親說：「Tonight before you go to sleep, you should say to her……」他望向我的母親：「我深深的愛妳」，神奇的一句中文從他口中說出，迅速懾服了我。

也許，每天晚上他都用著異國的語言，對著異國的伴侶，反覆訴說著不變的情意吧。然而，又有多少同文同種的夫妻，還會對彼此說出這樣深情的，愛的語言？

英雄在何方？

回到台北已經將近兩個禮拜了，始終記得在美國的黃石公園裡，看見一群野牛經過的時候，身邊美國人像孩子似的驚喜表情；也還記得進入美國時海關人員冷峻的眉目和表情。我們在美國境內搭飛機，就在登機口旁邊，看見熱情擁吻難捨難分的情人；看見不斷話別的一群友人；看見掉著眼淚一再擁抱的祖孫，我在他們身邊靜靜地看著這些情感豐富的人。

有一次正好坐在飛機的安全門旁邊，從鹽湖城飛往拉斯維加斯，空服員過來確定我們是聽得懂英文的，免得遇見緊急狀況時不能應變。對面一位美國男性乘客對我安慰地笑一笑，眨眨眼，有著這些人太小題大做的意味。

世貿大樓在全世界眼前爆炸燃燒的時候，兩幢摩天大樓轟然坍塌的時候，我明白很多事原來並不是小題大作，撞機時坐在安全門旁邊的乘客，聽得懂英文嗎？

聽得懂或聽不懂還有什麼意義？

離開台北旅行之前，我趕著去看了場史蒂芬史匹柏的「A.I人工智慧」，片中有一幕鏡頭，全世界因爲溫室效應海水淹漲，紐約已經沉沒，卻仍留下半截的世貿雙子星大樓，小男孩與他的製造者就是在那裡會面談話的。還有許多許多荷里活電影，搞破壞的恐怖份子也常常以世貿作爲他們的挾持目標，然而不管他們的手段有多高明，永遠會有熱血澎湃的英雄出面，解救大家，戰勝恐怖份子。九一一恐怖攻擊行動，證明了好萊塢的電影只是神話，永垂不朽的世貿大樓竟然不堪一擊。這樣的世紀創傷，是很難平復的。美國的朋友說，新聞媒體相當自律的過濾掉太過殘忍的畫面，因爲不想讓他們的孩子受到不良的影響。如此說來，美國的傳媒並不像電影裡那樣嗜血膚淺了。

我也注意到那架在賓州匹茲堡空地墜毀的飛機，機上乘客知悉了恐怖份子的計劃，他們與地面的家人通話時，表達了玉石俱焚的決心，在最後的通話中，他們不斷不斷的對自己的妻子或者母親訴說：「要記得，我愛妳，我永遠愛妳……」被困在世貿大樓的年輕女人，在答錄機裡給丈夫的最後留言也是：「我愛你……」在煙硝窒人的空氣裡，在血與淚的味道裡，在生命最後的餘光中，「愛」是人類最珍貴的擁有。

人們常說，這已經是一個沒有英雄的時代。在九一一這場悲劇中確實沒有一個力挽狂瀾的英雄，然而，那些在第一時間衝進火場救人的消防隊和警察；那些義無反顧衝撞地面的飛機乘客，他們沒有神奇的事蹟，他們卻都是眞正的英雄。

滿城風絮四月天

台灣一直都重視清明節，愼終追遠是一種必要，在土葬風氣還很鼎盛的年歲，每到四月，台北盆地裡的一座座山坡就冉冉地飄起焚香與燒紙的白煙，草堆裡的墳經過清理，一個個地露出來。

然而，對我們這種外省人第二代來說，這就成了個尷尬時刻，我們的父母親都是少小離家，鄉關路絕，生死不相聞的。

當別人家擺出祭祖和掃墓的陣仗時，我們也準備了鮮花素果，

也折疊了許多金銀元寶，只是不知道該祭送給誰？「欲祭疑君在，天涯哭此時」——父母親於是很籠統地寫個「張氏歷代祖先」的牌位，在四面八方的獻祭聲中火焚了。

十年前，父親與北方的親人連絡上，得知祖父母早已過世的消息，前兩年父親出錢，請家鄉的堂兄替祖父母修起一座墳冢，於是，今年清明，我們家有了第一遭的跨海掃墓大行動。

我們在天津降落，再坐車返鄉，大約要兩個半鐘頭的路程。過去曾經有過返鄉探親的經驗，倒是對於未曾見過的天津充滿好奇。天津，天上的渡口，是何等異樣的美麗？我在自己的想像裡陶醉著。

然而，天津有一種灰濛濛陳舊的顏色，和著漫天的灰土，以及聲勢十分驚人的楊絮如雪。過去在詩裡詞裡讀到滿城風絮，都以爲是美。直到置身其中，才曉得原來是災難。不知從哪裡飄來的飛絮，宛如鵝毛大雪，走在飄絮中有著奇異的暈眩感受。

我向台灣的朋友解釋楊絮的多而且密：「雖然太陽很大，但我不能搽防曬油，如果搽了出門，不一會兒就會變成棉花糖。」

聽見的人都大笑起來，覺得我很誇張。但我看見天津的女人，每一個上班出門的，不管穿得多時髦，幾乎都把頭和臉蒙在透明的紗巾裡，就像頭上套一個塑膠袋一樣，便確定不只是我有一種受災的感覺。只是各種花色的紗巾，添加了天津市的旖旎和嫵媚。

家鄉裡的墳修得很高大，卻只是個土隴，與台灣或是香港的墳很不一樣，有很多甚且是沒有墓碑的。沒有墓碑該如何辨識呢？忽然想起馬致遠的「縱荒墳橫斷碑，不辨龍蛇」，也就釋然了。既是歸了大化，誰是誰還有什麼重要呢？

我也有些刻意的看看立碑人的名字，多半是只有做爲兒孫的男性，沒有女性，彷彿歷來如此，就該貫徹始終。

卻也有些只寫著女兒和女婿的名字，當然是因爲沒有兒孫的緣故。因此我又想，大陸的一胎化可能是打破重男輕女觀念的一個契機吧。

滿城風絮的四月天，離開天上的渡口，離開愼終追遠的致祭場面，我多麼羨慕西方人的墳，只有簡單的墓誌銘，與心愛的人的永恆紀念。

入夜以後的手扶梯

小時候去逛百貨公司，最大的樂趣就是搭乘手扶電梯上上下下，感覺微微的風吹拂在髮間。到了香港，我發現手扶梯特別多，地鐵、火車、購物中心，台灣的朋友看「重慶森林」的時候，看見中環一帶的戶外登山手扶梯簡直驚嘆起來。這麼多的手扶梯設備，香港人一定悠閒而省力吧，曾經，我也有過這樣的誤解。

直到正式在香港居住下來，我才發現，事實與想像正好相反。

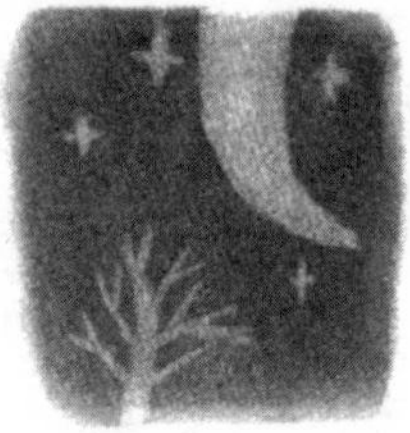

朋友來探我，我們一齊乘手扶梯去搭地鐵，我站在右邊，朋友便站在我身邊，與我並排。

我告訴她應該站在我的前面或後面，而不是與我併肩，朋友有些固執，環顧四周，說：「沒看見有這樣的規定呀。」

她堅持了幾秒鐘，終於忍不住忐忑不安的拉住我：「後面那位阿伯為什麼一直叫我『姊姊』？我不是那麼老吧？」

我向她解釋，人家是說廣東話「借一借」，教妳讓路的意思。

爲了怕被人叫老了，我的朋友在後來的幾天裡，都自動靠右站，把左邊的「跑道」讓出來。並且，她聽從了我的勸告，緊握扶手站立，免得被奔跑而過的人撞倒。只是，她始終不能明白，香港人到底在趕什麼？何以急迫至此？我說我也不明白，因爲我才剛剛來。

不久之後，我發現自己已由「停機坪」轉到了「跑道」上，不知不覺跟著跑了起來，好像有這麼多人都在跑，如果不跟著跑一跑，就有跟不上時代的落伍之感，這是很嚴重的事啊。況且，如今在火車和地鐵站，都清楚標明了，手扶梯要靠右站，靠左行，大家當然更順理成章的奉行不渝了。

香港的地鐵和購物中心有很多超高型的手扶梯，如果不跑的話，搭一趟大約要兩分鐘。入夜以後，人們的速度放慢了，相擁相攜的男女漸漸多起來，他們一前一後搭乘手扶梯，一上一下，正好是一個微妙的距離，非常適合戀人，適於一個完全的擁抱，適於一俯一仰間的甜蜜親吻。加上時間的配合，身體的緊貼，眼神的交流，氣氛的醞釀，一個不長不短的吻，一切在兩分鐘以內圓滿達成。這種另類功能，恐怕是當初右站左行的規定者，從未想像過的吧。

我曾在夜晚的時代廣場手扶梯上，見到隔鄰的反方向，有三對情不自禁的戀人正在親吻。這樣的手扶梯風情，妝點出香港另一種旖旎樣貌。

有人說，香港不是一個浪漫的城市，我慫恿他們去觀察，入夜以後的手扶梯。

如果吸血鬼在原宿

從原宿車站出來，直接往明治神宮走去，早晨的鴿子在我面前撲翅飛過。我知道，隔著一道天橋的表參道，還在睡著，猶未轉醒。我喜歡早起的表參道，道路兩旁站立整齊的櫸木，籠在薄薄的霧氣中，葉子脫落得乾乾淨淨，很守規矩的樣子。

星期六的中午以前，店鋪有一半還沒開門，路上的行人多是服裝儀容正常的，有一點點單調。

到平行的竹下通去逛了逛，因爲把旅遊資料的介紹背熟了，反而沒有太多大驚小怪的情緒。只是停在叫做「天使之心」的可麗餅店前，挑選裏進餅裡的餡兒時，琳瑯滿目的花樣，令我感覺爲難，也感覺刺激。點了可麗餅坐在店旁吃著，聽見周圍的話語，不是國語、台語就是廣東話，忽然有一種錯置的詭譎感覺。

我是在原宿嗎？不是在天母或者彌敦道嗎？

午後兩點重返表參道，太陽已經昇得很高了，空氣變得暖和起來，街上的行人也倏地膨脹繁衍，色彩繽紛，奇形怪狀，像一條顏料湧動的河流。

帶著目睹怪現狀的心情而來，終於如願以償了。我忍不住小小抱怨一下：等了這麼久才出現。他們爲什麼不早一點來？

同行的朋友很體恤地寬解我：「喂！妳看看！要染頭髮；穿這麼多耳環和鼻環；擦各種不同顏色的指甲油；還要化這麼戲劇性的妝……得花多少時間啊？人家搞不好早上六點就起來準備了耶。」說的有道理，我忽然升起一股對專業表演者的敬意，因爲早上六點鐘，我還在被窩裡沉睡呢。

與這些活動的原宿招牌並存的，是來自電視台與雜誌社的蒐奇特攻隊，他們隨身攜帶錄影機和相機，看見夠炫夠怪的人，便上前攔截，拍攝訪問，甚至要求被訪者脫下鞋子讓他們看襪底；或者將奇怪的背包裡的東西都掏出來供人品賞。我走過短短幾分鐘的路程，就看見三、四個被攔截下來作訪問的人，也看見那些沒有被攔截下來，卻顯然已經精心妝扮的年輕男女，臉上惆悵而豔羨的神情。我在想，假若沒有這些攔截者，妝扮者還有什麼存在的意義呢？

村上春樹曾寫過一篇小說，敘述在計程車上遇見吸血鬼，然而卻沒有太多的驚惶或者驚嚇。走一回表參道，我猜想，假若吸血鬼在原宿，也會覺得自己太貌不驚人，所以很寂寞吧。

京都的小小驚奇

因爲工作與假期的關係，我的國外旅行都常都只能安排在八月底。

去年去了北海道，今年去京都，每次辦登機手續的時候，劃位人員都很好奇的問：「既沒有花，又沒有楓葉，要去看什麼？」我是要去看一座城市的，沒有令人迷魅眼眸的櫻花；沒有令人心蕩神馳的紅楓，也許，才能把這城市的面貌看得更清楚。

在關西機場降落的時候，每次都有來到香港新機場的錯覺，如此類似的濱海風景，玻璃帷幕的挑高設計，同樣面臨著的，陸沉的威脅。同機的乘客很多，我免不了有一點小小的焦慮，想到每次回台灣，在機場領行李的擁擠與混亂。

來到整潔寬敞的領行李大廳，我的第一個驚奇是，竟然看見穿著制服的工作人員，將大大小小、歪歪倒倒的各式箱子，一一扶拉得站立起來，讓它們整整齊齊地排列在轉盤上。當我把自己的箱子提走，空出一個格子，倒像是破壞了這樣的和諧之美了，有點羞愧。

從高速火車下車，走進傳說中的京都車站，巨大挑高的玻璃建築，令人嘖嘖稱奇，我們像鄉巴佬似地，一路讚嘆著。還好，外地的日本人來此觀光也是驚嘆聲不絕於耳，閃光燈亮個不停。這個多功能的車站有一列長而寬的階梯，叫做「大階段」，直接通往頂端，週末和週日晚上，便有樂團現場演唱，幾百個人散坐在台階上聆聽，整座車站裡都能聽見歌聲，一起參與演唱會。

車站裡還有一家大型百貨公司，晚上八點半就打烊了，這對白天要觀光，只有晚上才能血拼的觀光客來說，確實有些困擾。不過，即使是要驅趕客人，他們的態度也令人驚奇，先是在擴音器裡用日文、英文播報幾次，然後，售貨員滿臉笑容從攤位後頭走出來，對每位還流連不去的顧客深深鞠躬，說著「很抱歉，眞失禮」這一類的話，讓我們覺得自己其實才是很失禮的。

參觀廟宇和名勝都要搭乘巴士，站牌標示很清楚，下車投幣，二百二十日元，司機一定向每位下車的乘客親切地說著「感謝惠顧」之類的話，與台灣巴士司機天天闖禍和香港巴士司機的不耐煩，眞是天淵之別啊。

在這樣謙和有禮的對待中，我發現自己也變成了一個溫厚馴善的人。

馬鈴薯之味

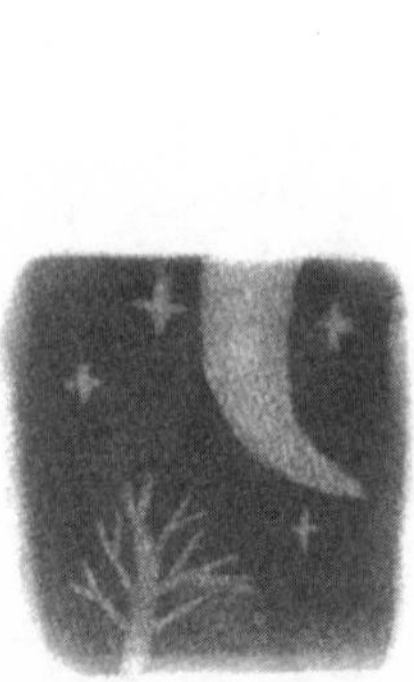

坐在小樽運河畔，我細細咀嚼完一顆烤馬鈴薯，迫不及待撥開第二顆，那樣甘甜的滋味，是我從不能想像的。

朋友曾說：「妳會喜歡北海道的，因爲那裡的人有日本人的優點，卻沒有日本人的缺點。」我的北海道經驗告訴我，北海道的人情，正像北海道的馬鈴薯。

我們在台灣報名參加了日本境內的巴士旅行團，導遊阿部是個年輕女孩，圓圓的臉蛋和體型，她自己既不演唱，也不邀請團員演唱，參加旅行團時每次必定會有的，如同精神虐待的「歡唱時間」始終沒有出現，令我鬆弛許多。

雖然語言不通，每次下車時，阿部一定捉著我的手腕，努力比劃著錶上的時針分針，務必使我們完全明瞭集合的正確時間。她的英文縱使不敷使用，可是，我們總能在她的笑臉與深深鞠躬中，溝通無誤。

抵達網走監獄博物館時，藍天白雲，我將雨具留在座位上，下車參觀去了。參觀完畢，驟雨忽至，豆大的雨點傾注而下，我們用外衣搭著頭，奮力往集合地點奔跑，到了博物館出口，竟見到阿部手中抓著我們的雨具，焦急的朝我們招手。忽然之間，像跑回了童年的校園，看見母親撐著傘，在校門口張望著我。

最後一站是從小樽去札幌，阿部看見我們面對小樽的興奮之情，便將停留時間增多了半小時。當我們盡興回到巴士，車子起動以後，才赫然發現，其他團員都在小樽解散了，司機和導遊只是在等我們兩個旅客，卻還慷慨的給我們更充裕的時間。

從小樽到札幌的四十分鐘車程裡，阿部不肯令我們有受到冷落的感覺，她一直用漢字與我們「交談」，問我們到了札幌去哪裡？知不知道有什麼好吃好玩的？她站在司機身邊，面對著我們，車子轉彎時有些顫巍巍的，我們看了不忍，請她坐下來聊，她忙搖雙手笑著說不可以，一邊深深鞠躬，一邊說謝謝，又說對不起。

司機衣履整潔，始終面帶笑容，每個旅客每次上車，他都彎身說著「歡迎您」之類的。

他們堅拒小費，自始至終都那麼和善恭敬，想來必然十分喜愛自己的工作，以這工作爲榮，看著每個旅客下車與他們道別的誠摯神態，我相信他們贏得的是無價的尊敬與感謝。

A Piece of Paradise

曾經，與我相愛的人爲我描繪過一個美麗的憧憬，他說要爲我建一座小院落，碧草如茵，園中有一方游泳池，當我在房裡創作疲累的時候，便可以赤著腳，直接穿越綠草地，走進溫煦如湯的池子裡，輕輕的飄浮。

他說他會將園裡的各色花卉照顧得欣欣向榮，「一年四季都要有花開著，妳才能有不斷絕的靈感」，我聆聽著，像做著一場夢。

當夢醒來的時候，我已經置身在一座繁花盛放的院落，泳池裡水波盪漾，陽光從牆外透過鮮豔的九重葛篩進來，一陣風過，雞蛋花從樹上飄墜下來，翻滾到我赤裸的腳邊，我的腳趾上，從游泳池裡帶出來的水漬，還未乾燥。

這是我爲自己安排的一次，夏日裡的巴里島旅行。比夢眞實得多。

去巴里島住Villa，是台灣人的新熱潮，因爲擁擠的居住環境不可能讓我們擁有自己的別墅，於是，我們花錢去租。就在荒廢破敗的田野之中，忽然長出別墅群，與外面全然不同的世界。

睡房、更衣室、廚房、洗手間、庭院、游泳池，池裡的陰陽圖形，說明了東方趣味和美感。我們在廚房裡料裡自己愛吃的食物，在音響裡播放自己喜歡的音樂劇，所有的服務人員都是笑臉迎人的謙和熱情，使我們慣常被冷漠拒絕的心靈，稍稍軟化一些。

天黑以後，我們在泳池裡點上飄浮蠟燭，泛著藍光的池水，彷佛忽然生出許多憂傷的眼睛，安靜諦聽著我們在星空下告解的心事。

當地的旅遊雜誌聲稱巴里島是「A Piece of Paradise」，我想我已經完全被說服。

這是我第二次到巴里島，與第一次跟團進出的心情很不相同。我記得第一次跟著旅行團來巴里島，匆匆忙忙的趕著去看海神廟，趕著去參觀木雕工廠，趕著去逛百貨公司，筋疲力盡倒頭就睡，第二天睜開眼又搭上遊覽車，趕來趕去。

這一次，大把時間都是我的，我可以選擇舒舒服服的做個Spa，從頭髮到腳趾，洗個花瓣浴，在蓮花池畔喝杯藥草茶。在這裡最該做的事，就是浪費，浪費時間，歪在發呆亭裡直到昏昏睡去。

有天早晨，因爲睡得太遲，差點錯過早餐，我們還是趕上了，吃過早餐，服務生將吐司麵包扔進蓮花池裡餵魚，魚群狂野的撕扯著麵包，紛紛騰跳出水面，那種生命力竟是很撼動人心的，我就這樣獃獃地看了好久好久。多麼慶幸，我的早餐是送到面前來的，不必這樣的爭搶。

既然不必爭搶，心情怠懶起來，價值觀一瞬間也丕變了。一整天裡最重要的事，是到飯店的私人海灘去等待夕陽。專車將我們送到峽谷入口處，我們必須往下行走一百八十個階梯，整片沙灘就等在那裡。一人捧一個冰鎮得剛好的椰子，坐在舒適的沙灘躺椅上，看著太陽落進海水裡，一天就這樣過完了。然後，天漸漸黑了，我的挑戰正要開始，必須攀爬一百八十級陡峭的階梯上到峽谷頂，如果可以，我眞想在沙灘上過夜。氣喘噓噓地，花了不少時間終於登頂，服務人員笑嘻嘻捧著冰涼的濕毛巾和冰凍礦泉水等候著我們。

那一刻我終於明白，時間可以不必那麼清晰的度量；生命可以不被那麼促迫的追逼，所謂的「A Piece of Paradise」，並不是任何一座島嶼或別墅，而是我們心靈的一個部分，是與生俱來的，我們擁有過，不幸失落過，終生都在尋找。

男人・女人・
半調子

木蘭逃軍記

「唧唧復唧唧，木蘭當戶織，不聞機杼聲，惟聞女歎息」，從小我們背誦〈木蘭辭〉，在鏗鏘的聲韻中搖頭晃腦，覺得花木蘭眞是奇女子，不僅女扮男裝，還能代父從軍，最神的是十二年來與那樣多鬚眉男子共處一室，死生與共，竟然還沒有被識破。

前幾年迪士尼的動畫片「花木蘭」，更將這個古代中國女子變成舉世聞名的傳奇人物。

在台灣幾乎每個健康的男子都要入軍中服役兩年，我們管它叫做「當兵」，看見二十幾歲的男人便會脫口問道：「你當過兵沒有？」彷彿那是做爲一個男子的必經歷練。甚至許多公營民營機構徵人時，直接註明「男性需役畢」，彷彿這樣才能證明這男人的身心健全，可以做爲國家社會的棟樑。一個沒有當過兵的男人，終身都在男人排斥的眼光與女人懷疑的態度中，不斷解釋自己不能當兵的理由。軍中的生活與管理，卻又充滿著不合理的粗暴迂腐制度，純粹陽剛的男性氣味，不見得適合所有的男人，特別是不覺得自己是男人的人。

近日軍營中有個二等兵割腕自殺了，因爲他雖然生著男人的身體，卻有著女人的靈魂。長期以來，他收集女裝並做女人的妝扮，他一直希望變性，沒有得到家人同意，他希望可以免除當兵，也沒有獲得允准。在軍營裡，想當然爾的他被歧視與嘲笑，在那個男性烏托邦中，言行舉止如此「娘娘腔」，簡直沒有生存空間。

禁不住雙重壓力，他只好選擇自殺，以自己的血肉之軀祭祀這只認得兩種性別的偏執社會。

當他自殺獲救之後，軍方很快做出明確決定，讓二等兵除役回家，倒是他的父親堅決反對，認爲既然是男人就沒有不當兵的道理，也或許這父親期望軍中訓練能將兒子變成「眞正的男子漢」吧。然而，這二等兵想要的，也就是像花木蘭那樣「脫我戰時袍，著我舊時裳；當窗理雲鬢，對鏡帖花黃」，可惜，他的父親絕不允許。偏偏，在台灣若要施行變性手術，一定得父母親簽字同意。哪怕已經有了很成熟的心智，仍然不能決定自己的性別，他／她們的靈魂被囚禁在不適合的軀體裡，不能過自己想要的人生。

「雄兔腳撲朔，雌兔眼迷離，兩兔傍地走，安能辨我是雄雌」，游魚或者飛鳥或者兔子，從牠們的外表都無法立即辨認是雌是雄，我們爲什麼一定要讓每個人必須像個男人或是女人的樣子呢？

古早時代，花木蘭代父從軍，留下一段佳話，那背後的酸辛與痛苦，刻意被隱略了。如今，又有多少木蘭爲了父母親的期望而必須去當兵？如果木蘭從軍中逃回來，決定恢復她原本的女兒身，能不能給她一盒脂粉？她被囚禁在一個男人的身分與軀體中，早已超過十二年了啊。

糖糖只有十八歲

曾經，台北的西門町是我少年時代流連忘返的地方，背著書包和同學穿梭在電影街裡，手上捧著滷味和零食，等著電影開場的空隙，去攤子上揀選大拍賣的便宜衣裳與飾品。

後來東區的繁華使得西區凋落了，再後來西區如浴火鳳凰一般重生，行人步道規劃得宜，商家紛紛重新啓動，最流行的訊息與商品，與美日同步，儼然成爲一個小新宿。我和朋友約了去逛西門町，在麥當勞集合，卻絕不進去消費。不知從什麼時候開始，那裡總聚集著許多老年男人，他們長久盤據，雙眼四下裡蒐尋著，曖曖的光；有時候與一、兩個少女攀談；有時候一前一後走出速食店，幾步路的腳程，就是賓館。

我們看完電影去停車場取車，發現每輛車上都貼著許多小小的彩色貼紙，心的形狀、紅唇的形狀，上面只印了一個手機號碼。我問朋友這是做什麼的？「援交啊。」朋友隨手撕下一張給我：「西門町特產喔。」

我一直聽說有援助交際，卻不知道在哪裡發生？又是如何發生的？直到近來電子郵件裡幾乎天天都能收到援助交際的自薦信，它們通常是這樣寫的：「我的名字叫BABY，今年二十一歲，是幼稚園教師，因爲經濟不景氣，父親經商失敗，母親臥病在床，很需要你的幫助，如果你是溫柔體貼的男性，請與我連絡……」當然，這個BABY也可能是小護士或是高中女學生，總而言之，一定是「單純」的身份背景，從事著最不單純的交易。至於那些如泣如訴的故事，則與早年墮入風塵的女人的版本幾乎一致，並沒有太大的進步。

只是，在這個天天把不景氣掛在嘴上的年頭，想到連單純無辜的女子都要出來「兼差」，就覺得簡直不可能起死回生了，忽然有了雪上加霜的寒意。

不管如何，這個色情市場確實極具拓展潛力，許多男性也陸續投入陣營，女警喬裝「尋芳客」在網上「釣」得一個年輕男學生，男生坦承他爲了前往國外探望女友，籌措旅費不惜下海，說到底，這是最好賺錢的工作，一小時兩、三千的收入，比起速食店或書店打工，一小時只得八十元左右，簡直是天差地別。

記者追問，女朋友如果知道他的賺錢方式，會做何感想？男生低下頭沒有回答。

又有一天和一位朋友約在西門町碰面，走出餐廳便見到牆上的字：「我叫糖糖，今年只有十八，想經助交際男人，請洽……」

朋友情緒激動地說：「明明是賣淫，爲什麼叫援助交際？聽起來像慈善事業似的！」我能夠理解那種惋惜的情緒，糖糖只有十八歲，爲了金錢她已經可以出賣一切，包括最珍貴的自己。

死了一個女明星之後

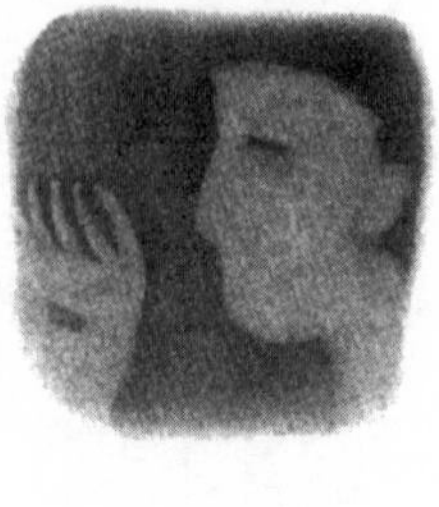

我和幾個學生聊天，他們喜歡問我最近有什麼新聞？其實是想知道我對哪些事情關心。我忽然脫口而出的說：「崔愛蓮死了耶。」

學生停了半晌，沒什麼反應，有一個腦筋轉得快的學生顯現出恍然大悟的神情：「喔……是不是一個韓國女明星？」

近來韓劇在台灣相當風行，姓崔和姓李的明星三天兩頭來台灣做宣傳，有這樣的聯想也是順理成章的。我說不是的，她不是韓國人，她是崔苔菁的妹妹啊，你們總該知道崔苔菁吧。

「知道啊，崔苔菁是我媽的偶像呢。」一個女生說。

「那，她妹妹是做什麼的啊？」仍有學生好奇的問。

她也是一個女明星，我有氣無力的回答。

崔苔菁紅遍半邊天的時候，正是我的少女時代，看著她美豔的臉孔，魔鬼般的身材，穿著華麗的禮服，站在舞台上唱著：「在哪裡，在哪裡，不要隱藏你自己，要高興，要歡喜，愛神已經找到你……」，一舉手一投足都是撩人的姿態，唱著「愛神」的崔苔菁，簡直就是一個女神，掌管著愛與美與流行。

幾年後，她的妹妹愛蓮也在姐姐的帶領下進入娛樂界，雖然與姐姐長得挺神似，也有著不錯的歌藝和身材，卻彷彿少了點什麼，提到她的時候，人們總是說，哦，崔苔菁的妹妹嘛。我記得她有一雙傲人的美腿，剛出道時穿著短褲，無比的熱力青春。但，她一直擠不進第一線，不管她有多努力，那時候她曾經說過，有個美麗而且聰明的姐姐，壓力是很大的，眾人的眼光都在姐姐身上，流行的舞步，她學了又學還跳不好，姐姐瞟一眼就會了，跳得美極了。這是什麼樣的沮喪與挫折啊。

台灣的秀場文化最盛行的時候，藝人趕場賺錢，崔愛蓮儘管永遠唱不成壓軸或主秀，卻永遠有著最隆重的舞台服裝與造型，並且自備舞群與和音，當她出場之前，和音便不斷的唱著：「崔愛蓮，崔愛蓮……」彷若天王巨星出場的架勢。然而，架勢與排場，就只是架勢與排場罷了。

她後來開了酒店，夜夜喝得大醉，幾年前差點窒息死去，停止呼吸四十幾分鐘，因爲搶救得宜，撿回一條命。爲了這件意外，她上了幾次媒體，成爲戒酒和提防哮喘的範例，然後，聚光燈再度移開，人們很快淡忘了。

聽聞她的死訊那一天，我想，可能多了一些人知道，原來有這麼一位女明星。而在死了一位女明星之後，我想起了自己的青春年少，並且略微惆悵的感覺到，世代與世代之間的落差和隔閡，那是一段永遠回不來的甜美時光了。

麻辣教師的聯想

不知道從什麼時候開始，中學校園裡出現許多麻辣教師，清一色都是女性，教的都是男校或者男生班的學生。這些麻辣女教師各有擅場，有半露酥胸不穿內衣的；有以擁抱和親吻來獎勵學生的，正像是對於刻板呆滯的聯考教育的一種反動。

這些麻辣女教師紛紛出書或受邀登上媒體，隱然成爲一種風潮。

連我在接受訪問時也被詢問：「妳是麻辣教師嗎？」我說我不是。

「可是妳的學生說，有時候上妳的課是很刺激的經驗。」我仍堅持地搖頭。

學生會覺得刺激是因爲我們在課堂上忽而發現一些已經遺忘的重要的事，而這些事有時竟顚覆許多固有的想法。

前些天又有一位號稱麻辣教師的女作家出書了，一邊自曝偷歡豔史，一邊語帶曖昧的指出，她爲了加強高中男生的作文程度與興趣，出了類似「打手槍或者是做愛的感覺」這樣的作文題目，強烈震撼十七、八歲的男學生。這消息被社會版以頭條處理，同樣震撼教育官員與社會大眾。

我曾在廣播裡訪問過不穿內衣，並且以親吻臉頰來「獎賞」學生的麻辣女教師，她的特立獨行是否是要啓示這些血氣方剛的男孩子，對於女性身體的認知與尊重？那潛藏在內心深處，不易被察覺的教育意涵又是什麼？她的回答是只想在學生中挑出比較頑皮的，先下手爲強，這是一種手段，也是一場遊戲。我不免失望，替她也替那些學生感到不值。

至於出了非常勁爆的作文題目的麻辣女教師，當她引起軒然大波，我又開始想像，這樣的出人意表可能隱藏著什麼樣的教育意涵，卻見她在媒體上珠淚婆娑地「澄清」，說自己出的作文題目其實是「愛的感覺」，一切都是誤會。我因此被朋友嘲笑，想得太多了。然而，我仍然忍不住的繼續想著，爲什麼每次都是女教師？爲什麼每次都是男學生？

如果是一個男老師以親吻作爲「獎勵」或者「懲罰」女學生的方式，會引起怎樣的恐慌？人們會將它視爲一件有興味的事來看嗎？這樣的男老師會立即以性騷擾甚或性侵犯的罪名被趕出校園，並且還有可能吃上官司。那麼，一直聲稱在兩性關係中屈居下風的女人，有時候竟是絕對的強勢與優越？特別是當在她站在一個較高的位置上的時候？

我相信男生的校園中必然還會出現麻辣女教師，就像許多成年男子都渴望少年時被一位成熟女性啓蒙，卻不明白，成熟的女體不一定具有啓蒙的力量。

焉能辨雌雄

聽說在高雄的某個百貨公司化妝品專櫃前，常常擠滿許多女性，並不是因爲專櫃推出特價商品促銷活動，而是爲了一位業績特優的專櫃員而來，她的面容姣好，化妝很細膩，身材窈窕纖細，舉動秀氣婉麗，對待女性顧客特別溫柔。然而，仔細觀察便會發現，「她」其實是個不折不扣的男子漢，只是打扮成女人的樣子，做著他最喜歡的工作罷了。

高雄的朋友說她不會去那個專櫃挑化妝品，如果遇見那位銷售員會覺得很尷尬。

「為什麼尷尬呢？」我聽出自己聲音裡的不以為然，對於一個人自我認知的性別或者性向，我一向抱持著尊重的態度。

「因為我不知道應該叫他先生還是小姐？」我的朋友忽然問：「妳會叫他先生還是小姐？」有一刻，我答不出這個問題。

一位女性朋友要結婚，找到一家設計公司做裝潢，設計師高高瘦瘦，剃著俐落的小平頭，穿著帥氣的牛仔裝，大家很投契的聊了半天，臨別時設計師告訴我的朋友，以後打電話來公司可以直接找「郭小姐」，「呃，就是我本人」，設計師自己說的很尷尬，即將結婚的我的朋友和先生都很驚嚇。

「我很想裝作若無其事的樣子，可是我的演技眞的好差，愣在那兒半天回不過話來，我老公就更糟了，簡直是臉色大變！」和朋友們閒聊的時候發現，有著這樣困擾的人還不在少數，總而言之，就是不知道那個看起來像女人的是不是男人？那個看起來像男人的又會不會是女人？

我記得約莫十年前，在電台做廣播節目，企製是一個非常男子氣概的女生，就連我這種觀察力比較敏銳的最初也完全認不出她的性別。那時候電台還未開放民營，屬於公家機關，並涉及國家安全，出入都有檢查。我們一起去電台的時候，企製不只一次被攔下來，安檢人員很不客氣的詢問她到底是男是女？儘管我們的工作證上貼有相片，寫明姓名與性別，她還是一次次的接受盤查。驗明正身無誤之後，安檢人員總是幾近忿恨的嘀咕著：「眞是莫名其妙，男不男，女不女，妖孽啊……」她總是垂下眼彷彿沒有聽見，我總是感到受辱的惱怒。

多年後，雖然我的朋友仍因爲難辨雌雄而感到困擾，但是，那位專櫃員和設計師的感受已經被顧慮到了。我想到該怎麼回答朋友的問題了，只要問一聲「我該怎麼稱呼你」，就能找到令彼此最舒適的方式了。

一座女城的上昇

距離一九九九年夏天的上海之行，這一次隔了兩年半，爲了出版我的簡体字版《女人的幸福造句》與《幸福號列車》，我再度造訪上海，這座燦亮的，集中了全世界華人目光焦點的城市。儘管出版社一致看好這兩部女人書能引起共鳴，我仍半信半疑，直到第一場與傳媒見面新聞發佈會上，一位看似菁英的中年男人問了我這樣一個問題：「妳如何看待女人的優秀與優雅？假若只能選擇其一，妳

選優雅還是優秀？」我忽然明白了，明白了潛藏在這座城市裡的，男人集體感受到的威脅感，這不安來自於女人，當女人愈來愈優秀，愈來愈不符合男人心中的溫柔優雅時，男人於是將女人截然二分爲「優秀」與「優雅」。這也顯示出女人正在尋找並且塑造自己的樣貌，與我正要出版的兩本書果然巧合相似。

仔細想想，也不見得只是巧合，或許又是一種歷史發展的必然狀況。

我很少接受到男性的訪問，然而在訪問中，即使不夠敏銳，我依然可以領會到一種刻意的矮化與淺薄化的對應方式，對於台灣人的閱讀品味；選舉與問政風氣；生活態度等等，充滿批判意味，事實上，從談話中又暴露出他們對台灣的瞭解非常有限。他們並不了解，新一代的兩岸三地華人，早就突破這些藩籬，極其自然的融合爲一體了。所以，痞子蔡的網路小說能夠所向披靡；台灣e世代偶像周杰倫到上海開演唱會，照樣火得很。他們不認識周杰倫，也沒聽過痞子蔡，他們對新世界幾乎是毫不關心的。

我接觸到許多女性記者，與她們的交流，便有一種迅捷俐落的痛快感覺。她們幾乎完全擺落政治的侷限，我們只從城市發展的必然趨勢中，推測出人們未來的心靈走向，對自我的認知與價值觀的成形。女人的穿著與她們的思想一樣新而鮮明，與世界接軌。女人以自食其力爲榮，不再迷信般的倚賴婚姻與家庭。許多女人在婚姻或兩性關係中受挫，仍能夷然自得的活著，沒有怨天尤人，帶著一個孩子，過著一種類母系社會的生活。

我聽見好幾個優秀女人表示不一定要有婚姻，卻很希望可以養一個孩子，也有能力可以好好養一個孩子。她們生養小孩既是情感上的需要，也是做爲一個母者的能力的展現與確認。

彷彿從一場午睡中醒來的上海，將因爲女人不必選擇優秀或者優雅，而更加充滿豐沛的生命力，曾有人說「永恆的女性，使人類的靈魂飛昇」，我看見上海的女人，將使這座城市上昇。

遺失錢包的新年

過年之前，從來不曾遺失過錢包的我，遺失了錢包。你曾經有過遺失錢包的感覺嗎？你一定不會忘記那樣的感覺。

很多事之所以會發生，常常都只是「臨時起意」。

好多年來因為忙碌的關係，我都不去銀行辦事了，年關將近，全家人忙得團團轉，只需要寫稿子的我，忽然好像閒了下來，於是，臨時起意，拿著家人和自己的幾本存摺，到銀行辦事去了。

過年前的銀行媲美菜市場，摩肩擦踵，人聲鼎沸，我混在人群中填單子、排隊，花了許多時間才將事情辦妥，正當我鬆了一口氣的瞬間，忽然發現，我的錢包被竊了。我足足獃了一分鐘，才開始結實的焦慮，就像失去臂膀的人，先感到驚訝與不可思議，接下來才痛。

我一路呼喊著：「我的錢包掉了」跑回家，家人要替我辦掛失，於是問我：「錢包裡有多少錢？有哪些證件？有多少張卡？」我愣在那兒，無法回答。

到底有多少錢？我從來不計算。到底有多少卡和證件？我從來弄不清。我只惦念著那只皮包，是去年在溫哥華買的Bally款式，台灣和香港都找不到的。

後來我和朋友通電話，惆悵的告訴她，從未遺失過皮包的我，終於失去獨特性了。朋友說，遺失錢包的經歷很特別，現階段只是氣惱，接下來才會有失落感，要搭捷運的時候，啊，捷運儲值票也丟了，一、兩個月後去看醫生，才想到，啊，我的健保卡，半年之後到自己喜愛的餐廳用餐，準備買單，啊，那張貴賓折扣卡……我只是覺得，遺失錢包的感覺與遺失了私密日記的感覺很相像，有一個陌生人，正審閱著你的每張有相片或沒有相片的證件；帶著恨意把玩那些已經不能使用的信用卡；看著你如何將百元與千元鈔票分別放好。

我覺得毛骨聳然。

過年前的街道充滿熱鬧的氣味，百貨公司與名店街的折扣，動人心扉，然而，等待著信用卡補發的我，只能安靜的走過，忽然清心寡欲起來。沒有信用卡的我，相當於一個窮人。於是，遺失錢包很像失戀的況味了，初初失戀的時候，你永遠不會知道自己失去了多少東西，歲月會替你解答。

信用卡公司親切的說，他們會趕在過年前補發新卡給我。好久沒有新年禮物的我，開始等待過年，等待著我的信用卡，也等待著隨之而來的無窮欲望。

這故事後來有了意想不到的溫馨發展，過完年後，我與一位相交二十幾年的好友聊到丟失皮包的事，她神秘地笑了笑，邀我去她家裡坐坐。她取出一個Bally小盒子，說是提前送我的生日禮物，我拆開來，赫然看見與我丟掉的一模一樣的錢包。「爲什麼？爲什麼？」我語無倫次的反覆嘟囔。好友說她看過我的錢包也很喜歡，出差到國外時買了一個想留著自己用的，既然我的丟了，那麼，這個錢包就當是爲我買的吧。拿著那個完全一樣的包包，我的眼淚倏忽而至，擁抱住她，哭泣起來。

因爲這件神奇的禮物，我經歷了失而復得的快樂，那些驚悸和損失，彷彿從來沒有存在過。

2002，0220，2002

西元二千零二年二月二十號的下午，我一個人坐在剛剛搬完家的研究室裡，寬敞明亮的房間，窗外可以看見溪水和柳樹，應該是很符合我的理想的新天地。但，我並不是快樂的。我還看得見半個多月之前，在還很零亂的空間裡，那次傷心的會面與傾談。我和一個年輕的女孩，在這裡談著一個男孩，並且痛哭失聲。

男孩和女孩都是我的讀者，也是我的網頁上固定出現的網友，男孩高大體貼，女孩甜美溫潤，他們完美得就像是愛情小說裡的主角。每一次我的新書發表，年輕寫作者們辦活動，他們一定相偕出席。女孩與我們聊天，男孩便在一旁猛按快門拍照，有時候我招呼他，他笑得靦腆，我同他說話，他看起來好緊張。我們大家就這樣相互陪伴了四、五年，我看著他們大學畢業，看著男孩去當兵兩年，退伍返鄉了，到了女孩的故鄉去工作。然後有一天，聽說男孩不辭而別，離開了女孩。我安慰著傷心欲絕的女孩，也怨怪男孩的不告而別。再後來，那個在感情裡不辭而別的男孩，竟然也對這個世界不辭而別了。女孩遭此重擊，完全崩潰了。我也沉陷在無可挽救的哀傷裡，那個總躲在鏡頭後面注視我的男孩；那個在海邊吹奏著貝殼的男孩；戀愛時浪漫深情的男孩；那麼年輕一切才正要開始的男孩。

我和女孩約在一團混亂的研究室裡相見，女孩說，男孩交代要把我所有的書都帶走，因爲他要這些書與他作伴。我的心臟忽然緊縮，被愧恥襲捲，還帶著這些書有什麼用呢？在他需要的時候，我從沒能幫上一點忙啊。我翻閱著女孩帶來男孩多年前寫給我卻沒寄出的信，男孩說他去聆聽我的演講，緊張的夾在許多人之中，聽我說話，看我笑起來，發現我演講時不斷的走動，但，他沒有勇氣和我說話，他說也許下一次吧，希望他可以有勇氣自我介紹，讓我叫他的名字。直到看信那一天，我才知道他眞正的名字。從那以後，我不斷的提起他，叫著他的名字，彷彿他可以聽見的樣子。

廣播裡的DJ說今天的二十點零二分，是千年難逢的一個巧妙數字，許下的願望一定可以實現的。聽眾熱烈迴響，多半都是許下中彩券的心願，我知道，我也會許下一個心願，男孩在塵世裡一定有許多痛苦，我沒能伸出援手，只希望在另一個世界的他，可以平安喜悅。是的，這就是我的千年心願。

讓男人喘口氣

電視裡近來播放一支某個金融企業的形象廣告。

燈火通明的辦公室裡，所有的男性職員都在加班，電話響個不停，一個看起來相貌端正樸實的男職員是主角，他在焦頭爛額中還要應付家裡打來的電話。

老婆在電話裡說：「今天是你兒子過生日……你已經好多天都沒回來了。」

然後是燃盡蠟燭的生日蛋糕，已經慶祝過的場面，沒有看見那個父親。接著，他又接到兒子的電話。小男孩問：「爸爸！你什麼時候回家？」

男主角一邊安撫兒子，一邊忙碌加班。

終於看見男主角回家了，他在浴室裡洗臉，出來時一腳踩滑了，整個人摔倒在地。我們聽見他的旁白：「我還不是最慘的……我的同事都血尿了……」

男主角蒙頭大睡，無法和妻子聊天，不能陪孩子玩遊戲，也不能與老父坐一坐。

於是，電話裡的老婆對辦公室裡的他說：「爸爸和兒子都不見了！……我找啦！我到處都找過了……你到底要不要回來？」老婆的聲調裡有一種絕望的悽厲，不是，不是威脅，而是忍耐到極致的絕望。

廣告的最後，我們看見企業主坐在寬闊的廳中，向所有賣力加班的員工與他們的家人，致上最高的敬意與謝意。這個廣告有幾個引人注意的特質，首先，它是好久未見電影作品的侯孝賢導演的新作；再者，它的播放時間相當長，一、兩分鐘的時間裡，將悲情氣氛推到最高點，看完之後，果然有一種透不過氣來的感覺。每次看這支廣告，我的心中便會響起一首主題曲，叫做「男人眞命苦」。

然而，這支廣告隨即也在網路與輿論中引起軒然大波，看過廣告的人，不管是男是女，非但沒有被「打動」，反而有一種被「打擊」的感覺。

男人一定要賣命到這種程度嗎？簡直就是在「家破人亡，妻離子散」的邊緣了。這樣的工作模式或是生活態度，在重視家庭生活的新世代，竟然仍被尊崇，男人應該犧牲一切的錯誤觀念，忽然被給予極高評價。

有人說這是因爲侯導的傳統大男人思想與悲情訴求的創作意識，主導了整個廣告的風格。然而我發現主導整個廣告的，其實是企業主懷抱著導演夢的兒子，因爲不能了解勞動者眞正的內心世界與情感需求，他錯估了社會大眾的期望，以爲拚命的員工，血淋淋的故事，就能打動人心，結果，這個不能喘息的男主角，讓眾多小人物寒心與痛心。

廣告已經停播了，許多人都鬆了一口氣，在這麼不景氣的時候，讓男人喘口氣吧。

酒後的男人

周末和朋友到餐廳去品嚐義大利麵與甜點，因爲只有兩個人，所以被安排在吧檯的座位。和朋友正聊著，等待食物上桌，忽然間，一股嗆鼻的酒腥襲捲而來，兩個男人搖搖晃晃在吧檯前，貼著我身旁坐下。男人傾斜著身子，我很敏捷的在他還沒靠過來前，閃身逃離。與朋友遷徙到稍遠一點的座位，卻逃不掉男人充滿「江湖味」的大聲喧嘩：

「你說說看，誰不給誰面子？」他們一面敲打刀叉杯盤，一面對著吧檯喊叫：「酒啊！」吧檯區的氣氛明顯緊繃了，四周圍坐的客人都避免將眼光望向他們。

恰巧兩個外國女孩走進來，不知情的在他們身邊坐下。

「Hi!」男人熱情洋溢的打招呼，「Hi!」女孩也熱情回應，「you are beautiful!」男人再接再勵，被稱讚的女孩笑如春花，說「謝謝」。

「嘩！」男人幾乎跳起來：「會說中文喲！」他們臉上的神情丕變，一種原來是自己人的輕佻態度浮起，連人帶酒黏過去：「喝酒喝酒！來啦，乾杯！」兩個女孩的臉色慘變，急急奪門而出。

男人並不覺無趣，很快又在身旁隔兩個空位旁，找到一個獨坐等人的年輕女人。「喂！小姐，自己一個人哦！」女人不安的欠了欠身，沒有轉頭。

「反正妳一個人，不如陪我喝一杯嘛！」他直接把酒杯送過去撞女人的水杯，女人的臉縮成一個拳頭大小，恐懼和羞辱令她看起來快要哭出來的樣子。

「幹嘛？不給面子喲？妳當我是什麼人？我不是妳想的那樣啦⋯⋯

…怎樣？妳心情不好哦？」我搜尋著店裡所有的服務人員，赫然發現，每個人都視而不見，聽而不聞，不敢管不敢干涉，因爲她們和我一樣都是女人。

這兩個男人最後的對話是這樣的：「走吧，不要再喝啦。」

「你啊你一天到晚就想回家抱兒子，你說，是你兒子重要還是我重要？」

「我兒子重要！」

「你×××滾回家抱兒子去！」一陣拉扯之後，兩個男人相互扶抱著出去了。

與我晚餐的香港朋友問：「那個大男人爲什麼要跟別人的兒子比較？」我說因爲他喝醉了。

「所以他覺得每個女人都該陪他喝酒嗎？」朋友又問。

我發現我最不希望外地人看見的台灣男人，就是酒後的男人。

這一夜，聽見中年人

每個週末的夜晚，我在高樓的電台裡對著麥克風說話，並且開放 call-in 讓聽眾打電話進來一起分享心情。

我們常常關心女性問題、青少年問題、健康問題，就只是不談政治，因爲台灣的政治已經太氾濫。這一夜，我忽然想到一群我們鮮少碰觸到的人，四十歲之後的中年人，在政治與股票之外的中年人，到底在哪裡呢？在想些什麼呢？我看見一份報告，說是至四十歲到五十歲的中年人最擔憂的是失業；說是四十歲到五十歲的中年人的自殺率高居第一；說是在精神科門診裡四十歲到五十歲的人是堅固的基礎。

四十歲以上的人，我在麥克風前呼喚他們，什麼是你們的危機感？你們是否感覺焦慮呢？

中年人，如果結婚可能已經離婚了；如果沒結婚可能確定要過單身生活；如果生養小孩正開始爲親子之間日益遠離的鴻溝而煩心；如果沒能升職一輩子就是這樣了；如果對工作不滿意也沒勇氣轉換跑道了……說到這裡，面前的電話已經滿線，我聽見了極少在我的廣播裡出現的聲音，這聲音屬於中年人。

一個中年的母親，說起自己的獨生女，很少和他們吐露心事，她只好偷偷聽女兒和同學講電話，竟然聽見女兒告訴同學自己和男朋友已經發生關係了。這母親激動的哽咽起來，她說她和先生不敢詢問女兒發生什麼事？怕引起女兒的反彈，夫妻二人困坐愁城，不知道該怎麼辦才好。

有個中年男人也說自己和e世代的孩子有代溝，但他更擔心的是愈來愈容易疲憊的體力，他決定要開始上健身房去練身體。

還有位中年女老師提前退休，爲的是飛到加拿大和丈夫兒女團聚，但是，她捨不下這裡的工作與心愛的學生，她更不知道到了異國，無所適事的日子要怎麼打發？她只有四十八歲，還沒做好退休的準備。

對於中年人來說，許多事彷彿都是猝不及防的，猝不及防的衰弱了；猝不及防的與孩子拉開距離；猝不及防的離開熟悉的生活模式，眞正的問題或許是，我們從沒有做中年人的準備。

我們準備著長大，我們準備著變老，但，我們沒準備過中年。

這一夜，節目結束之前，我忽然有些惆悵與難捨，因爲，這些在電話裡與我眞誠交心的中年人，天亮之後，生命裡可能又只剩下政治或股票，名聲與利祿，在人海之中，載沉載浮。

愛情荒瘠的領地

在一次文學獎的評審會議上，評審委員對於很難看見一篇動人的愛情故事，覺得很概嘆。是啊，這些年來參加過許多大大小小的文學獎，許多創作者都以愛情爲題材，卻很難見到精彩的作品。

好看的愛情小說，大約有兩個必要的元素，一是討人喜歡的男女主角；一是令人感到哀惻的深刻情愛，成功或失敗，都肇因於此。因此，我們便又悲觀的猜測，沒有動人的愛情小說，是否因爲

這時代已經沒有深刻的愛情?或者不適合愛情的繁茂滋生?

這是個迅速遷移的年代，人們太容易開始與結束一段感情，短暫而激情的邂逅，最能滿足現代人渴望浪漫又不願負責任的心態。

所以，鐵達尼號男主角傑克，三天的熱情，靈肉的合一，接著爲女主角而死，如此廣受歡迎。因爲他死了，就表示所有麻煩的事都不會發生也不會糾纏了，享樂主義者無不夢寐以求。

有個男人說過他認爲最浪漫的事是遇見一個百分之百的女人，墜入情網之後發現她身罹絕症，於是盡心盡力在床邊照顧她，每天送花講故事，爲她梳頭——如果她還有頭髮的話——三個月後愛人香消玉殞，他則一生一世懷念。旁邊有人插嘴，爲什麼不讓她給治好了呢?男人想了想，還是病死了好一點，感覺比較完美。這便是生命中不可承受的情，所以希望愈快結束愈好。

這也是個社交太過於公開的時代，少了男女的分際，少了神秘的揣測，少了悸動的感覺。

前幾年教書時學生把班上旅遊的照片給我看，看見那些男生女生掛在彼此身上，或像情人一樣的擁抱，卻宣稱只是友愛的同學時，我知道時代眞的不同了，而我也知道，曾經，在我年少時，男生女生只能遙遙相望，於是產生想像，那種壓抑節制煥發出來的燦亮的光，是不會在這裡燃亮了。

男生女生太多時候更像是「哥兒們」或「姐妹會」，看見女孩纖細的足踝；看見男孩頸上的汗水，因此覺得怦然心動的經驗，似乎不屬於這一代的了。太多方式可以遇見一個可能的對象，所以彷彿也可以不必太用心，打開電腦，輕輕一敲，不過只是一個指尖的距離，便把愛情呼喚前來，如此輕易又怎懂得珍惜？

愈來愈文明的世界，是否也是一個愈來愈荒瘠的世界，對於愛情而言。

單身，是一種選擇

我到珠寶店去買一條白K金項鍊，配墜子戴的，專櫃小姐殷勤的介紹各種款式給我，不斷標榜著它們的設計感與時髦感，但我不爲所動。因爲我知道要搭配單顆美鑽，我需要的只是最簡單樸素的項鍊就可以了。我在專櫃小姐的嘆息聲中選定自己想要的鍊子，付錢的時候，聽見她的不平：「其實，這一條比較重也比較貴呢。」

我沒說話，到了這樣的年齡，我眞的知道自己要的是什麼。

項鍊被精美包裝之後，專櫃小姐拿出一份問卷請我填寫，爲了不總是讓她失望，我溫馴的拿起筆像小學生似的一格一格往下塡，塡到「婚姻狀況」時，按照慣例我準備圈起「未婚」，卻發現另一個使我眼睛一亮的項目，「單身」，我愼重地圈起了「單身」。

我問自己，見到這樣的選擇爲什麼有種莫名的欣然情緒？

我又問自己，圈起「未婚」和「單身」到底有著怎樣的差異？單身的意涵可以有很多，也許是未婚也許是離婚也許根本就是不婚，就像是這個社會上許許多多的男男女女。

我也好奇沒有婚姻狀態的人會選擇「未婚」還是「單身」？我問了一個三十幾歲的女性朋友，她說她會選「單身」，因爲剛從一段談了八年千瘡百孔的感情中掙脫出來，她不知道還有什麼比自由自在毫無羈絆的生活更好？她說她很久沒有好好與自己相處了。

我有個四十幾歲的男性朋友，正與遠在澳洲的妻子談離婚，妻子陪著兒女在澳洲唸書，他們的關係疏離到極點，只是沒人肯提離婚，他說他其實已經過著單身生活許多年，卻不能選擇「單身」的身分，他愈來愈渴望這種身分。

我的同志朋友說，他當然選擇「單身」，因爲他們是被婚姻排拒在外的，然而他本身也排拒婚姻，他不相信婚姻可以做爲情愛的保障，他以「同志」與「單身」爲傲。

選擇單身對我來說，是一種更切實的面對，我知道自己不會再以婚姻爲追求目標；不會再幻想兩個人廝守終身一定強過一個人；不會因爲看見孩子圍繞著父母而覺悵然若失。我知道我必須學會處理生活裡大大小小的事；我必須在感到寂寞空虛的時候自我化解；我必須在許多純粹美好的歡愉中覺得感激。

我應該有比較強健的身體，可以倚靠的好友，始終活躍的感情生活，工作與休閒時同樣精力旺盛。

「單身」的悲情與不得不的遺憾，不再屬於這個時代了，「單身」，可以是一種愼重的生命選擇。

尋找靈魂的路程

在台北這座城市裡移動，除了捷運之外，很多時候我還是倚賴計程車的。因爲希望搭乘的品質更好一些，我開始學習著挑選外表嶄新乾淨的車子，雖然這並不能保證會遇到怎樣的司機，會有一段怎樣的路程。

固執著挑選車子，使我必須提早出門，有時候站在街邊一段相當長的時間。這一天，太多瑣事絆住，我出門晚了，眼看約會就要遲到，於是，我攔下一輛看起來已經相當有年資的車子，並且請司機走一段高速公路，以便可以準時到達目的地。司機將車子駛上高速公路之後，速度變得很慢，許多車輛呼嘯而過，超越我們。好吧，我告訴自己，這確實是一輛有夠老舊的車子了，所幸還能動……忽然，車子完全停下來，一吋也不能動了。

從來沒有想過，正午的炙烈太陽下，我的計程車竟然會拋錨在高速公路上。

連惡夢也沒做過，現在就發生了。我決定遺棄計程車和司機，走下高速公路，重新攔一輛計程車，趕赴我的約會。

我穿著紅色的醒目短上衣，優雅的蕾絲貼身裙，剛剛買的紅色細帶子纏腳踝涼鞋，開始我的高速公路的漫步。這舉動首先令迎面而來的大小車輛感到驚惶，他們有些按起喇叭來，有些仔細張望著我。是啊，通常會在高速公路上漫步的都是小貓、小狗，或是失智的，精神失常的人。接著，隔壁車道同方向的車輛也加入好奇的陣容中，有些男性駕駛甚至搖下車窗，探出頭來對我微笑。

他們以爲我是和男人鬥氣吵架之後，跳車的女人嗎？

走了十分鐘之後，因爲陽光猛烈的烘烤，我的意志力忽然委頓起來，覺得選錯車是愚蠢的；出門晚了是愚蠢的；連步行離開高速公路也是愚蠢的，我忽然覺得無比的孤獨和可笑，我厭惡這種被人注視著訕笑的感覺。

我想到了陳寶蓮。

當她從高樓墜落的時刻，或許正是這些年來最清醒的時刻，或許正是那種再也不願意遭人訕笑的感覺吧。

那樣引人注目的美貌與身體，不應該只是讓人搖頭歎息的啊。我仍記得她剛以三級片起家的時候，來到台灣宣傳，如此玲瓏剔透，勾引起令人想要染指的欲念，於是，台灣商界聞人染指了她。

那段時間，她像隻金絲雀或是波斯貓似的被財富與權勢豢養著，她總被「乾爹」攬在懷中，吻在臉上，親膩的相片散佈給各家媒體。然後，她被驅逐，無可挽救的墮落。她在台灣成爲「話題女王」，試片會上割腕啦；大鬧中正機場啦；戴著珠寶不付錢啦，從影劇版到社會版，媒體記者追隨著她，就是要看看她還能闖什麼禍？她在中正機場因爲恍神而大鬧大嚷，與警方拉扯，穿著紅色高叉旗袍的她，被警察在地上拖行，雪白的雙腿上佈滿大大小小的瘀紫，令人不忍卒睹。當時，她曾忿忿地朝媒體大喊：「看我丟臉？」是的，大家都在看。

這一次，她在出生的城市上海了結一生，就像一個不滿意人生菜色的顧客，終於買單了。我想起她嫵媚失神的雙眼，人們曾解釋爲「慵懶」的眼神，其實可能是失去靈魂的。她或許曾經上錯過車子，可能還不止一次，但是，正因爲她始終沒能找到自己的靈魂，所以，她不知道，靠著自己的力量，終歸可以走回正確的道路上的。

我離開高速公路，攔下一輛乾淨的計程車，涼爽芳香的空氣中，告訴司機我要去的地方。雖然勢必要遲到了，卻終究可以抵達。

閱讀・聆聽・即興調

完整卻不完美

這些年來若有人問我最喜歡的電影是哪一部，立即浮現腦海中的印象，就是發生在西西里島的溫馨感人的故事「新天堂樂園」。

一個父親在二次大戰中喪生的小男孩多多，與一位電影放映師的故事，也是島上的電影院的興衰史。在兩個多小時的電影裡，我看見了成長、情愛，人與人之間無私的奉獻和成全，故事說得如此流暢，結局令人低迴。十年後，這部電影以「完整版」的姿態捲土重來，在戲院裡放映，幾乎場場爆滿，我於是驚覺一直以來所喜歡的都不完整，這下當然得要將缺陷彌補起來。

我以一種幾近朝聖的心情走進戲院，觀看三個多小時的完整版。修剪版簡捷呈現出一個戰爭中的西西里島，純樸的島民在教堂裡觀看電影的播放，是爲生活中最大的娛樂享受。神父因此擔任了電檢制度的把關人，凡是親吻的鏡頭都被列爲禁忌，指示放映師一律剪除。酷愛電影的小男孩多多請求放映師教他放電影，兩人培養出類似父子的師徒之情，放映師因爲影片過熱起火燃燒而失明，小多多站在板凳上開始他的放映師生涯。

青年多多愛上一位富家的美麗女孩，他不停追求，女孩只是微笑，不爲所動。多多聽過放映師說起一個士兵在公主窗下等候一百天的故事，他便也在女孩窗下等候，一百天，女孩沒有開窗，沒有回應他的請求。多多沮喪的去當兵，回到故鄉發現連放映師的工作也被取代了。

老放映師催促多多離鄉，讓他到外面的世界去闖練，走得愈遠愈好。月台的送別時刻，老放映師在多多耳邊叮嚀：「永遠不要回來了。」多多果然沒有回鄉，直到三十年後老放映師去世，已經是國際知名導演的他，才回到島上參加喪禮，也重臨自己的成長歷程。他找到塵封的那捲底片，看見單戀的女孩巧笑倩兮的年輕容顏，老放映師留了一個禮物給多多，交代妻子交給他。多多帶回自己的放映室，獨自觀看，那些全是從電影裡剪下來的親吻鏡頭，柔情的、激烈的、嫉妒的、渴望的……戀人之間的愛意。

完整版裡多添了女孩在一百夜之後去找多多，與他相戀，又因爲多多當兵與老放映師的阻撓而分離，三十年來多多始終牽掛，情感飄流不定。返回西西里島之後又瘋狂尋找已嫁作人婦的女孩，並與她做愛之後分離。於是，我忍不住嘆息了，這個看似國際大導演的男人，仍是一個感情受創的青年多多，他渴望了這麼多年，渴望永恆的戀人，他終於求得了一次刻骨銘心的纏綿。然而，那些因爲塵封而益顯美麗的情感，卻在此時出土，出土之後，怎麼保持它的至高無上？修剪版裡老放映師最後留給多多的許多戀人的親吻，因爲他從沒得到過，而激發出強烈的意欲，但，在完整版裡，多多想要的都得到了，彷彿已經酒足飯飽，買單出了餐廳，怎麼還會被菜香吸引？

看了完整版，我卻覺得悵然若失，好像把話說得太透徹，少了玩味的空間。那個等著公主的士兵，等到第九十九夜就飄然遠去了，或許因爲他已經明白，等到一百天，不管公主開窗不開窗，都失去等待的意義了。

有時候，人們癡心追求完整，完整卻不一定完美。

又見楚香帥

我在安靜甚且有些寂寥的夜晚，疲憊地跳動著手上的遙控器，電視總共有八十幾台，常常找不到一個可以看下去的節目。

轉著轉著，我的手指忽然停住，盯著屏幕上的一男一女，輕輕歎息著：「原來，他們仍在這裡呢。」那是在二十年前曾經掀起收視狂潮的港劇「楚留香」裡的楚香帥和蘇蓉蓉，爲了這部港劇將在台灣有線電視台重播，二十年後的鄭少秋和趙雅芝，連袂來台作宣傳。

我看著他們談談笑笑，看著歲月在他們的形貌上留下的相當慈悲的痕跡，彷佛重回萬人空巷爭看「楚留香」的流金時光，不知道爲什麼，那些回憶如今看來異常耀眼動人。

還記得那是在我大三那年的暑假，無線電視台買下了「楚留香」的播映權，雖然古龍是台灣的作家，他的作品卻不曾在台灣的電視台播出，儘管如此，我對楚留香已然傾倒。

自少女時代起，我夥著一群姐妹淘天天混租書店，從漫畫看到羅曼史小說；從懸疑推理看到武俠小說，古龍的「楚留香」是班上的男生推薦我們看的。楚香帥風流倜儻，憐香惜玉的形象，如此鮮明的儲存在我們的心中。當鄭少秋凌空飛落，微微甩頭，打開扇子，牽扯嘴角一笑，那蓄含著柔情的眼波，俐落瀟灑的身手，令男人女人大人小孩，全數瘋魔。

自此，一到星期日晚上，台北幾乎變成一座空城，路上車輛行人極爲稀少。不管是同學會還是慶生會，不管是結婚喜宴還是昇職宴客，只要到了七點半，座上客便毫不顧忌主人感受，紛紛奪門而出，搶著奔回家去看「楚留香」。大街小巷迴盪著：「湖海洗我胸襟，河山飄我影蹤……」的歌聲，連殯儀館的告別式上，也播放著：「千山我獨行不必相送，啊……獨行，不必相送。」

那年頭台灣的經濟已經起飛了，人們卻仍活得嚴肅而辛苦，楚香帥提供的似乎是一個成功者的享樂典範，如夢似幻的船舫，圍繞身旁的紅粉知己，不受拘束的情感，喝不完的美酒，吃不盡的美食，永遠不必爲銀兩發愁。在生命態度上是很輕盈的，雖有致人於死的能力，卻從不出手殺人；不管面對的是何等險惡的環境，何等歹毒的敵人，總是笑口常開，樂觀進取，這彷彿是二十年前的台灣觀眾最理想的生活方式了。

楚香帥並不只是過著鬢香花影的享樂生活，他也要解決江湖上的離奇懸案；也要應付被奸人搆陷的種種危機，但，他身邊總有赤膽忠心的知交好友，能與他分憂解勞，他也總是有清晰的頭腦和智慧，摸一摸鼻子，嗅一嗅鼻煙壺，便能揭發惡人眞面目，替冤屈弱者伸張正義。他其實是江湖上的包青天。

只是，如今的台灣，天災不斷，政治角力與鬥爭頻仍，我們早已失去了輕盈生活的可能，似乎也找不到聞聲救苦的包青天。看完土石流的新聞，兩百多人一夜罹難，再看楚香帥飄浪的身影與瀟灑的笑容，不知怎地，竟感到這樣酸澀。

小木偶永恆之願

「他永遠不會生病，他對父母的愛永遠不會變，他是人類最新的研發品『大衛』。他的愛是眞的，但，他不是眞的。」

當我聽著朋友因爲照顧自閉症的兒子而疲累不堪的抱怨；當我聽完朋友因爲照顧血友病的兒子而怵惕不安的心情，我便想起史蒂芬史匹柏的最新電影「A.I 人工智慧」，想到十二歲的童星扮演的機器小孩，抬起充滿情感的眼眸，對領養他的女人說：「我好愛妳，媽咪。」表情異常豐富細膩，藍眼珠像寶石似的璀璨發光。

誰不懷抱著這樣的夢想呢？在愛戀的關係中，在親屬的關係中，在友朋的關係中，在一切的人際關係中，我們都渴望能夠長久，永不改變。

從古到今，人類在情感上的付出，總是不能換得同等的回報，這是我們的宿命，也是我們的蒼涼與悲哀吧。史匹柏於是說了一個這樣的故事，當溫室效應讓海洋淹沒陸地，人類製造各式各樣的機器人來分擔工作，像是育嬰褓姆、性愛情人……等等，一代一代更換迅速，銷毀也相當迅速。

爲了符合人類的需求，機器人永遠忠誠，也有知覺和情感，於是，也就有了痛苦和恐懼。

「大衛」的母親因爲親生兒子重病昏迷，領養了大衛，卻又因爲兒子恢復健康而遺棄了大衛。大衛以爲要和母親去郊外野餐，結果被丟棄在森林裡，這一幕立即使我聯想起「白雪公主」。獵人不忍殺害公主，讓她逃命去了；母親不忍將大衛送回總部去銷毀，叫他快逃，和同類在一起，離人類愈遠愈好，因爲人類太危險。

人類確實很危險，四處搜捕被遺棄的機器人，將他們送往競技場似的屠宰場去，用各種殘酷手段將他們肢解或銷熔，場邊圍聚著歡欣鼓舞的人類，喝著啤酒，嚼著爆米花和零嘴，高聲喝采。

永不改變的愛，矢志不移的忠誠，不正是人類朝思暮想而不可得的嗎？然而，人們是怎樣對待機器人的，是怎麼對待這種最渴望的情感的呢？人類將他們視爲垃圾糞土，我們克服不了與生俱來的喜新厭舊，註定只能悲悼已經錯失的，卻看不見始終存在的，這是宿命，無可挽回。

從屠宰場中脫逃的大衛，展開一場尋找之旅，他像小木偶皮諾丘一樣，相信藍仙女可以用魔法將他變成一個眞正的小男孩。他相信變成小男孩之後，母親就會愛他像他愛母親那樣。大衛是否明白，變成人類的那一刻，才是眞正的冒險的開始？他會病會老，會付出愛卻得不到回報，會因爲自己不能愛得那樣長久堅固而懊惱？

爲了獲得愛，他什麼都肯做。變成一個眞正的男孩，是小木偶的願望，是大衛的追尋，也是人類亙古的，愛的迷思。

戒酒、減肥、尋眞愛

《BJ單身日記》是一位英國記者在一九九五年爲獨立報紙撰寫的專欄，主角是個經過女性主義洗禮之後，一心想要尋找眞愛的三十多歲單身女子。作者於一九九六年將之改寫爲小說，創下四百萬冊的暢銷佳績，這故事與女主角成爲全球性的文化現象——女人最大的成就，還是獲得眞愛，找到歸宿。二〇〇一年拍成電影之後，BJ和她的日記本簡直成爲世界各地追求愛情的女性的精神象徵。

BJ要面對的重要人生問題有三項，一是戒菸戒酒；一是減肥；一是尋找眞愛。

戒除菸酒，是對於壞習慣的挑戰，不菸酒的女人彷彿比較符合男性對於女人純潔健康的想像。至於減肥根本就是女人最巨大也最根本的問題，源自於對自身的不滿意，以爲減肥具有力量，能呼喚一個全新的，美麗而有自信的女人，如此一來，還怕找不到眞愛嗎？人生的三項大事，哪一樣最難？我詢問許多女性朋友，她們有抽菸或不抽菸的；有豐腴或清瘦的；有已婚、未婚還有離婚的，竟然異口同聲回答：「尋找眞愛」。

相同的問題，我向男性要答案，多半是覺得挑戰壞習慣最難，他們幾乎沒有減肥的問題，也不常思考眞愛的意義。

「眞愛就是，可以在一起生活很久的意思嗎？」一位男性友人想了很久之後問我。

後來，我遇見海峽兩岸最有人氣的網路小說作家，三十歲的男人，他的第一篇網路小說，一個很簡單的，相遇之後相愛之後死別的故事，創下驚人的暢銷數字，也破解了男作家無法攻佔愛情小說市場的迷信思想。我詢問他相同的問題，他有點尷尬地說：「應該是壞習慣吧」，我又追問，那麼眞愛呢？

他顯得更尷尬：「爲什麼要是眞愛呢？只要能愛就好了吧？反正愛過之後還能再愛，這比較重要吧？」

也許眞是這樣的，女人一心追求唯一的、獨特的愛情，並且以爲相愛了就是永恆；男人卻不斷追尋愛過之後還能再愛的感覺。女人將眞愛視爲一種終結，所以愛得太過用力；男人將愛情看作一段旅程中的經歷，所以常常漫不經心。

只要有眞愛等在前方，不管是戒除菸酒或者是減肥，女人都有足夠的毅力與決心。正因爲女人勇於付出眞愛，男人才能夠愛過之後再愛，他們只要在愛中努力戒除壞習慣就行了。不過通常壞習慣比眞愛更頑強，於是，男人永遠挑戰壞習慣，眞愛永遠挑戰女人。

尋找暫停鍵

爲什麼我會遇見伊芙·可索夫斯基·賽菊克這位女作家呢？

她是一位四十二歲的乳癌倖存者，經歷對抗病魔的過程後，發現了自己的憂鬱症。她是出生於傳統猶太家庭的害羞女孩，我則出生於同樣傳統的中產家庭，到現在仍常無法克服害羞的問題。

她也是一位教授，是個詩人，還是酷兒論述的重要先驅。她在書中不斷拉鉅與心理治療師的親密關係，在若遠若近的距離中，誠實揭露內在的柔軟脆弱和恐懼，如此誠實卻又如此抒情。

因爲抒情的緣故，整部作品閱讀起來多麼像是她擅長編織的手工織品，華麗的質感，令人產生觸摸的渴望。

伊芙這一次的憂鬱症使她醒悟到，十三歲的少女時代，原來就已經是憂鬱症的患者；我也是在近兩年才突然明白，少女時代長久耽溺於哀傷和眼淚，不明原因的細瘦與孱弱，不管世界怎麼運轉看起來都充滿絕望的自己，是多麼的憂鬱症啊。

伊芙說：「他們都說是青春期，是賀爾蒙分泌太旺盛」，是的，他們都是這麼說的。

伊芙已婚，卻對男同志友人有著一種神秘的依戀情感，當她與友人結束熱情的關係時，忍受著難以言宣的痛苦，「我存放在他身上的每一小片的自己，全都失去了，永遠的失去了」。而這個叫做麥克的男人對她的影響，太過巨大。

「他口中的人們看起來／比眞人還要眞實。

我不覺得自己眞的讀了一本書／直到／麥克爲我解說」

我也有這樣的朋友，我迷戀著聆聽他對世界的解釋，我願意以他的眼睛去看這個世界，我不能想像失去他的痛苦。

伊芙對親密關係有很好的掌握能力，面對衝突的掌控能力卻很差，因爲她把朋友都過度理想化了，「我一直都看得到從他們羽翼下抖落的光芒」，她是這樣的，我想我也是。我總覺得自己竟是這樣幸運，能夠遇見這麼不尋常的人，他們具有強大的精神力量，超凡的神秘天賦，我深愛他們，也被他們所愛。

我終於明瞭，我在其中看見了那麼相似的自己。

然而，這一趟心靈之旅，究竟要將我帶到哪裡去呢？伊芙的治療師發現伊芙一直無法停止的工作，並在等待某個人能對她說「現在可以停止了」——或者只有死亡能夠做到。而我並不想等待死亡宣告我的停止令，我知道我必須自己尋找那個暫停鍵，唯有暫停，才可以抒情，才可以聽見與愛對話的聲音。

跟孩子說，對不起

看到那一幕的時候，坐在黑暗的電影院裡的我，忍不住落下淚來。

那是一個將要滿七歲的小女孩，與她的父親之間的對話，她的父親很愛她，也很努力要做一個好父親，然而，這個父親的智商只有七歲。女兒對他說：「爸爸，我覺得你和其他人的爸爸都不一樣，你很不一樣。」

那個父親領會到了女兒的意思，他羞慚地垂下頭，充滿愧意的對女兒說：「我很……我很抱歉，對不起……」

女兒微笑著安慰父親：「沒關係的，爸爸，你會陪我到公園去玩，別的爸爸不會。」

這是電影「I am Sam」裡西恩潘與小童星精彩的對手戲，在那樣的場景中，女兒成熟剔透的藍眼睛，像個大人；父親惶然無措的神情，反倒像個孩子。我的最初的感動是，這父親認識到了自己的不足，他無論怎麼努力，都做不好。

買鞋子的時候，父親無法替女兒做選擇，但他懂得讓女兒自己決定。有多少人能在童稚歲月裡，爲自己決定穿衣穿鞋的品味？大人總覺得孩子沒有能力去決定他想要的，其實孩子的感受或許比父母親更敏銳。

父親和女兒去餐廳吃飯的時候，父親爲了點餐的偏執口味與服務生爭執起來，父親已經習慣了多年來的味覺和視覺，他不能也不願嘗試新的。爭執聲中引來旁人側目，令女兒窘迫不安，也許有人以爲都是因爲這父親的智商，我卻在想，有多少爲人父母的成年人，不都是以自己的價值觀與審美觀強行加諸在兒女的身上嗎？他們從不會認爲自己「無理取鬧」，甚至堂而皇之的宣稱這一切都是爲了下一代的幸福。

人生的偏執與餐廳裡的偏執，又有什麼不同？

爲了孩子的未來前途著想，社會福利機構從父親手中奪下孩子，送到「正常」的家庭去撫養，這父親便上法庭爲撫養權打起官司來。

「你自己只有這樣的智力與程度，怎麼去教育你的女兒呢？」父親不止一次面對這樣的質疑，我想到的是那些不識字的父母親，鄉愿粗俗的父母親，卻可以養育出許多出類拔萃的兒女，做爲父母親的人，誰不想讓兒女變成比自己聰明有能力的人呢？只是，在過程中，免不了做出一些傷害了孩子的事。

我看過也聽過太多父親的故事，那些缺席的父親；冷漠的父親；過於嚴厲的父親；摧折了孩子的愛與尊嚴的父親，然而，他們自始至終沒向孩子表達過歉意。因此，聽見那位智障父親向小女兒說對不起的時候，我流下了眼淚。

天使黑幫

看見那部電影的預告片，看見我所喜歡的好萊塢男女演員擔綱演出，不禁雀躍起來。我不理會英文片名，一廂情願的跟朋友說，好像是一部黑社會的溫馨愛情電影哦。後來，事實證明，又是一部天使不小心愛上凡人的故事。

這幾年來，天使與凡人相戀的故事實在不少了，前些年的天使造型是臉孔毫無瑕疵，金黃色捲髮的女性，穿著雪白衣裳，背一雙笨重的羽毛翅膀，很像聖誕樹上懸吊的布娃娃。不知怎地，看起來有點傻里傻氣，可憐兮兮。這一回的天使族，以男性居多，身穿全黑勁裝，外披黑色長大衣，髮型極酷，看起來很像黑社會。

是不是黑社會的能力，黑社會的決心，黑社會的組織，愈來愈有力量，愈接近於神性？

這些天使喜歡停留在高處，架高的招牌，建築物的頂端，這樣，他們就能更全面的觀察人間，不至有所遺漏。天使看著人間，以一種「慈悲」的眼神。當他們從倉皇悲愴的母親懷中，帶走稚弱的小女孩，那種神情，是了解而慈悲的，但不是傷痛。

那種精準而確實的執行任務的風範，卻又是很黑社會的。

他們從來不流淚，因爲他們不曾感覺過眞正的悲傷。

他們沒有感覺，卻在黎明與黃昏時，聚集在海岸，聆聽所謂的天籟。他們可以聽見凡人聽不見的，卻感覺不到凡人能夠感覺的一切感受。

天使愛上了一個女醫生，他決定下凡爲人，放棄永生，放棄神奇的能力，與一個深愛的女人廝守一生，共渡生老病死。

當他掙扎著，難以取捨的時候，女醫生到圖書館來找他，圖書館在電影裡如同天使們的總部，是他們盤桓最多的地方。所以，當我們走進圖書館，是不是就與天使最貼近？我感覺到電影創作者的一種知識份子情意結。天使爲什麼不停留在菜市場？或者工廠？或者街道？

女醫生與天使相見時，所有圖書館裡的天使都聚集張望，令人不安，像是一種嚴密的監視，我因此更覺到黑社會的結構。

所以，當天使決定從高處躍下，成爲一個凡人，那儀式也很像脫離黑幫。他渾身是傷，一無所有，並且隨即面臨了命運的苛待，他最愛的女人意外身亡。

他沒有機會與她廝守，沒有機會與她共同老去；沒有機會編織美好的回憶。他痛不欲生，淚流滿面的問：「這是對我的懲罰嗎？」是的，懲罰你的不忠，誰叫你脫離了「天使幫」。

儘管天使這麼像黑社會，這電影仍給予我新的啓示。假若犧牲一切珍貴的東西，卻只換來短短的，瞬間的甜蜜擁有，値不値得？我想，只要那是我眞切想追求的幸福，當然値得，絕無怨悔。

打開香港盒子

假若回歸前的香港，是一個奇特的殖民地標本，這標本已在一九九七年七月一日裝盒密封了，那麼，在王穎所完成的電影「香港盒子」中，他掀開盒蓋，讓我們看見了怎樣的昔日光景？

傳統街市裡堆疊的菜蔬；活剖鮮魚跳動的內臟；中環半山電動手扶梯；沿山而建的沉舊唐樓……世紀末的華麗迷亂中，冉冉昇起幾個既平凡又獨特的人物。

Jeremy Irons 是九七之前已在香港自得其樂十幾年的英國人，他從事傳媒工作，住在中環等待拆除重建的唐樓中，不能自拔的愛著一個中國女人，並渴盼與她天長地久，直到他發現自己罹患血癌。

鞏俐是他愛戀的那個女人，她冷豔華貴又堅強，忠於情義，苦苦等候著將她領出風塵的香港男人向她求婚，因此逃避著英國男人的熱情。

粗服亂頭的張曼玉幾乎素著臉演戲，她最動人的是那雙隱藏許多故事的慧黠圓眼，引起 Jeremy Irons 好奇的街頭追逐。她也慷慨提供這英國男人有興趣的「香港故事」，包括狹小擁擠的居屋、嗜賭酗酒的父親、家庭暴力、亂倫、賣淫等等聳人聽聞的事件，然而，究竟有多少眞實性呢？我們看見的是她在街頭拉皮條、販售假錶、推銷九七年以前的空氣罐頭，充沛旺盛的生命力，非常香港的感覺。

我只有一點迷惑，這兩個香港女人似乎都脫不了「蘇絲黃」的身影顰笑，這是不是西方人辨識香港的對號入座呢？

距離九七年七月愈來愈近，Jeremy Irons的病症愈嚴重，鞏俐決心陪伴在他身邊。在唐樓裡，幾個幽靜又甜蜜的鏡頭，是非常動人的，雖然四方時時傳來拆除舊屋的隆隆噪音，一種消逝中的纏綿，特別覺得珍貴。Jeremy Irons 曾對鞏俐說他要追尋的不是那種朝生暮死的東西，而是一些接近永恆的事物，鞏俐揶揄地說：「在香港，沒有這種東西」，但，他們以相愛證明，不管哪裡都有那種東西，只看你夠不夠勇氣去擁有？

電影落幕了，盒蓋掩上了，我忽然好想念香港，彷彿仍能聽見張著翅膀的飛機吼叫著，低低掠過九龍城的背脊，日以繼夜，激動著香港人的心靈。

喧譁・城市・唱高調

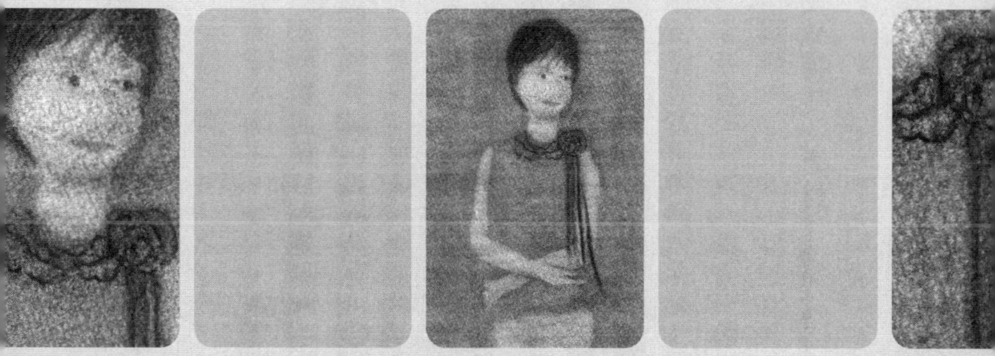

狗仔傾城記

小心！狗仔隊。正在看著你！

台北城西門町的電影街和行人徒步區，聚集了許多民眾與車流的重要路口，「壹周刊」將一整幢大樓包裝設計成一隻狗頭的形狀，入夜以後，燈光投射出的字樣，是一種警告，也是一種宣示，宣告著這座城市將淪陷於八卦、流言與跟監。少數的名人固然惶惑不安，大多數的群眾卻充滿了好奇的期待，渾然不知這期待飽含著嗜血的成份。有朋友告訴我，搭乘捷運的時候，一上車便恍然以為到了香港，人手一本「壹周刊」。愈是不穩定的時刻，對於他人的私密情事愈有狂熱，可能也是一種逃避的心理吧。從不景氣的、不明確的、不安全的現實中跳脫，在名人的窘迫或不倫中，暫時獲得紓解。

二〇〇〇年五月下旬，創刊號即將出版，電視強力放送著影射「最美麗的女星」其實有著偷情隱私的廣告片，立即引起軒然大波。美麗女星恰巧出書，應邀在我的廣播節目裡訪談。那大概是電台裡最熱鬧擁擠的一天吧，許多電子與平面媒體紛紛趕來，詢問女星對於被狗仔隊跟蹤有何感想？如果創刊號果然挖出她的緋聞秘辛，她將有什麼反應？女星對於狗仔隊當然是不以為然的大肆批判一番，同時也反問記者：「如果三期都沒有報導到我，是不是代表我已經過氣了呢？」沒有人回答，大家只是笑。

記者又追問我是否害怕狗仔隊？因為我的生活與情感也一直都是神秘的。我說，是的，我很怕狗仔隊。

做為一個單身女作家，關於我的一些美麗或奇情的傳說，也曾在城裡悄悄流傳，增添浪漫色彩。到香港的大學裡任教那一年，指導著幾個畢業生和研究生寫論文，每天我抱著一堆資料入睡，從惡夢中驚醒，比自己寫博士論文還要拚命，苦讀到三更半夜，天天睡眠不足。爲了節省時間，母親總替我準備一只三明治，多半是我最愛的蕃茄炒蛋加生菜，另外搭配一瓶已經失去冰度的「果汁先生」柳橙汁。我在研究室裡用午餐雖然只有短短六、七分鐘，卻常有學生來敲門，我很擔心他們會看見我齒間的蕃茄和炒蛋。晚上回到租賃的家裡，看著窗外美麗的園景，會所裡的羅馬建築溫水游泳池，它們都不屬於我，我只能埋頭苦讀，然後不支昏睡。

到了離開香港返回台北之前，才聽說了關於我的傳言，說是我夜夜穿著華麗禮服，入城去徹夜狂歡。我是多麼嚮往，多麼羨慕那位傳說中風流女作家的生活啊。

所以，我當然害怕狗仔隊，怕他們揭露單身女作家的眞實面目，原來只是個單調無聊、勞苦奔波的女教師。

六月裡，意猶未盡的群眾等待著第二期出刊；狗仔隊夙夜匪懈的跟蹤與監視；黑耳白臉的狗頭仍在西門町耀武揚威，在這一場集體的狂熱與迷醉裡，人們是否意識到自己正在失去一些可貴的東西？

我們將失去應該擁有的隱密空間；失去對於別人的尊重的距離；失去我們原來是很平庸的眞相，誤以爲我們每個人都是上帝，可以判定別人的罪行，並且拋出第一塊石頭。

寄居蟹之夢

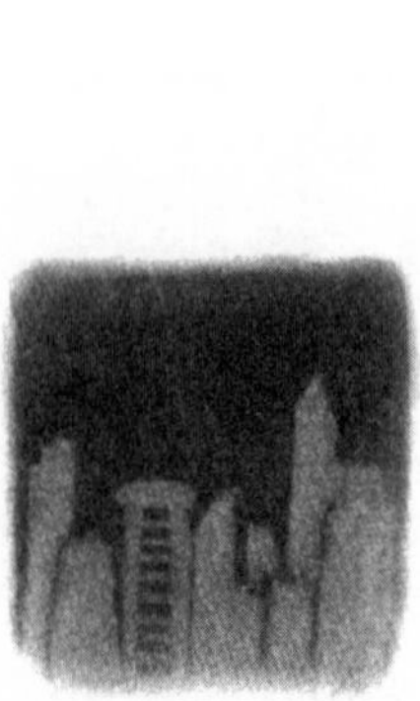

參加完一場餐會或是審評會議，有車的人紛紛往停車場取車去了，我一個人到門口去挑計程車。常常朋友建議我應該自己開車進出，方便一些，我總笑著說，滿街的計程車都是我的車啊，只看我要挑哪一輛了。

在香港工作的時候也慣乘的士，紅衣白帽的的士與全身芒果黃的計程車，只要我一個手勢，便溫馴的靠到身邊來，像豢養的一頭寵獸。方便是方便，可是安全呢？朋友再問。我遂默然不語。

多年來計程車司機的劫殺或兇殺案，是社會版的固定欄目，只是發生的地點與行兇者和受害人的姓名不同，誰敢說這樣的事一定不會發生在我身上？台灣人常說不要「鐵齒」，在這樁事上我從不鐵齒。

我甚至曾經告訴朋友，上計程車的那一刻已經將死生置之度外，下車的一刻才又有了重生的喜悅。說出這樣悲觀的話之後，我都是帶著十足的隔絕心態搭車的。我的搭乘計程車步驟都是這樣的：首先挑一輛比較新又乾淨些的車，假設司機是比較潔身自愛的。上車說明了目的地之後兩眼望向窗外，好像對這座城市充滿興味似的，又或者閉目養神——可不能真的瞌睡了，反正不和司機四目交接，更不寒暄談話。我與他們之間沒有圍籬，我只是用自己的淡漠與沉默做成鐵網，將距離拉開。

但，我仍時時可以感覺到司機們想要談話的那種蠢動，浮游填塞在小小的空間，一整天十幾小時困在小小的殼裡，像海岸邊的寄居蟹。

我需要計程車，但我不接納他們，已經許多年，直到夏天剛到的那個夜晚，一位香港來的朋友，聊起自己在台北遊歷的經驗，說起那些中年的計程車司機，他們侃侃而談，談社會談政治也談人生，煥發著一種可親可愛的溫厚氣質。我笑起來說：「你不知道台北的司機都是街頭哲學家和評論家？」

說完之後，我有些怔忡，他們也是夢想家。

我曾聽過一位司機說他要成立一個活動的街頭圖書館，向曾經搭過車的人募書；他們還是慈善家，我遇見過一位司機十多年來固定從舊公寓四樓背上背下的接送著洗腎失明的女病患，把她當成自己的姐妹；他們是教育家，一位曾經掌管一百多名員工的司機，很耐心的向我解釋台灣的「空洞化不景氣」是如何形成的，使我現學現賣的向朋友敘述空洞化的意涵時，他們都對我肅然起敬。

當然，這些都是在我開始對計程車司機微笑，與他們聊天之後才有的經驗。

看見他們的時候，也禁不住想起自己，我和他們到底有什麼不同？

司機說他想在後院種一株玉蘭花；我說我想在地中海的陽光裡喝水果茶，司機希望正在唸大學的兒子還可以繼續深造；我希望眞能寫出一部接近於偉大的作品。

計程車司機像一隻寄居蟹，寄居在車子裡；我也像一隻寄居蟹，寄居在電腦和鍵盤面前，寄居蟹或許很微小，卻也有壯麗的夢想，只要有人能夠用心聆聽。

貯存貓咪的方法

小時候我在住家附近看見一個身材相當矮小的男人，明明是個成年人的臉孔與神氣，卻只是一個小孩子的身形，究竟是怎麼回事呢？不知道是哪個大人告訴我的：「因爲他從小被養在缸裡面，所以永遠也不會長大。」我以一種驚異的心情記得了這句話，在還不知道「侏儒」的年代裡，只要是看見了甕或者是缸這一類的容器，都覺得渾身不舒服。

後來，我在電子郵件中收到兩封相同的圖片，一位朋友寫道：「挺有趣的，瞧瞧吧。」照片裡是一隻小貓被裝在一只玻璃罐裡面，臉孔和身體都因爲壓縮而變形了，但，顯然還是活著的。另一位豢養寵物的朋友寄來這張照片的時候則寫著：「虐待動物，莫此爲甚，讓我們一起連署抗議這種殘暴的行爲……」同樣的事件，截然不同的反應，我只是感覺到彷彿童年時一則邪惡的寓言，忽然轉醒了。

聽說日本和一些歐美國家，正流行豢養小型的寵物，可能因爲住家環境的限制，當然也可能是因爲人們對於小東西的掌控更有把握，於是，便有商人將小貓咪放進玻璃罐裡飼養，只留下餵食和排洩的小孔。貓咪不能活動，不能清潔自己，永遠長不大。既然養了一個活的動物，不就是希望看見牠長大嗎？生命的成長不是充滿了喜悅嗎？理論上應該是這樣的，實際上我們卻對於小的東西懷著憐惜的情緒，小貓咪比大貓可愛；小狗仔比大狗討喜；小雞、小豬、小兔子、小老鼠，只要是小的，都有一種難以抗拒的吸引力。

所以，被裝進玻璃罐裡的貓咪，只是把牠的「小巧可愛」用一種方法貯存起來，使之更長久。

我是不豢養任何寵物的，當朋友吶喊玻璃罐裡的貓咪多麼不人道的時候，我問：「在市場裡販賣的水母呢？」

「也不人道。」家裡養熱帶魚的朋友說。

「那麼，養魚呢？」我又問。

「魚的活動空間比較大啊。」朋友說。

「我們並不知道魚的感受啊，也許牠的感受和貓咪一樣呢？」我的朋友遂沉默不語。

看見那張圖片的時候，我的感覺也是悲哀的。一方面是因爲任何一種動物的豢養，本質上不都是一樣的嗎？只是玻璃罐的大小不同，如此而已。同時我又想，生命是會成長的，事物是會改變的，想要長久貯存的念頭根本就是虛妄的吧？

人們爲了想要貯存愛戀，於是發明了婚姻，但，婚姻也會破裂，愛戀終將煙消雲散。將貓咪從玻璃罐裡縱放出來，讓牠自由成長爲一匹驕傲美麗的貓；將情感從所有束縛著的關係裡釋放出來，讓它成爲人生裡值得憶念的款款深情。貯存，是因爲留戀不捨，有時候捨去反而有更豐盈的獲得。

更後來，我在網路上得到新消息，說那些被貯存在玻璃罐裡的貓咪圖片，都是僞造的，並沒有人這樣殘忍的豢養貓咪，所以，貓咪仍是自由的、驕傲的、愛搭不理的。我打了個呵欠，熄去發亮的電腦螢幕。

仗氣而爲草莽味

台北的夏天已經相當炎熱，整座盆地就像一個烤紅的缽，我的消暑秘方不是冰品也不是游泳，而是讀水滸，在那樣痛快淋漓的殺人如麻裡，感到一種冷颼颼的寒意，於是就涼快了。

我常常在古典小說的課堂上提醒學生注意，這一百零八條好漢，並不是行俠仗義的英雄，而是一群行俠仗「氣」的草莽，他們群居在四面清波圍繞的水寨裡，想像著一個沒有壓迫，沒有鬥爭的社會，營造出一種生死與共，赴湯蹈火的氛圍。他們是隨時可以取人性命，也隨時可以奉獻自己生命的。這些人物應該已經在歷史中湮沒，在小說中流傳成一種圖騰，想不到我竟然又在翻轉報紙新聞時，與他們正面相逢，驚詫地喟歎：「啊，你們在這裡。」

我看見他們，在一輛被挾持的遊覽車上，他們是一對夫妻，兒子在械鬥中死去；又觸犯了一些不輕不重的法條；加上不景氣的失業，兩人於是認定有人要迫害他們，他們採取激烈的手段，爲的是要求見法務部長。一輛遊覽車上有著男女老幼十三名乘客，加上一位司機，幾個小時的對峙中，警方苦於找不到與綁匪溝通的管道，因爲這對夫妻只是「一鼓作氣」綁了再說，根本沒想到後續發展。

除了當事人警方與綁匪，還有更爲活躍的一群人，他們是媒體與民眾，媒體爲了搶新聞，跑得比警察還快，完全不顧雙方的強大火力，可能造成的傷害，我們可以說他們是忠於職守。那麼，數以千計的圍觀民眾呢？他們時時衝破警戒線；他們在綁匪下車時一擁而上拳打腳踢，個個充滿「沛然正氣」。

事件解除之後，遊覽車司機接受訪問說：「如果不是車上有小孩，我就和他們拚了！」言下之意不無遺憾，接著又溫情的說：「我們十幾個人以後就是好朋友了，因爲我們生死與共啊。」對抗敵人的不畏死與對待朋友的不保留，都是很「豪氣」的。

已退休的元首李登輝在美國提到他與國民黨的恩怨情仇，說「要和國民黨一起死」，朝野震動，我看見的也只是一種「仗氣而爲」的草莽風格罷了。

行走江湖多年的「壹週刊」，剛到台灣一個月的時候，便遭到藝人打狗仔行動的報復，故意提供假緋聞，炒作新聞，反將雜誌一軍。如果看看那位設下圈套誘捕狗仔的本土天王，在記者招待會上的神色與言談，也是很草莽的。

有人請教律師這件事如果興訟，會有怎樣的結果？律師說這種事是頭一次聽說，眞是「匪夷所思」。

我相信了解這座島嶼上的人民性格的人，並不覺得意外，在這四面清波圍繞的水寨裡，恩仇必報是一種美學，瀰漫著濃郁草莽氣味的地方，人們相信的是自己的力量。

關於××的記憶

台灣的末代大學聯考在炎熱的夏日舉行，忽然勾起許多人共同的回憶，聯考啊，一直是這座島嶼上的人們，掙脫不開的夢魘，卻也曾是許多青年學子生活的目標與存在的價值。

我到現在仍記得小時候在社區裡，一聽見蟬鳴就開始瀰漫著緊張的氛圍，當我們在巷子裡吵著嚷著的時候，一定會跑出來一個媽媽，衝著我們喊：「別這麼鬧，大哥哥要考大學，去去去！到別處玩去。」

放榜之後，更會出現冷與熱的兩極狀況，考得理想的，家中賀客盈門，鞭炮聲震天響；考得不理想的，做母親的連菜市場都沒臉上，天天躲著人，就怕問起考試的結果。

那年頭聯考的作文題目都很難，像是「知恥近乎勇」；「玉不琢，不成器」，常常招致批評，因此逐年往普羅大眾的親和路線靠近。

有一年大陸一位飛行員駕駛米格機來奔台灣，聯招會臨時出了「對米格機事件的感想」，孰料考生個個埋首書堆，根本沒時間關心新聞，作文內容五花八門，無奇不有，像是「米格機是一種新式的碾米機，是科技時代新產品，使得稻米的生產速度更快……」這一類充滿聯想力的作品也不足為奇。

有些作文題目為防洩露，是在考試時由監考老師公佈在黑板上的，有考生看見作文題目下的一行字「在黑板上」，竟然誤以為這就是題目，於是也就借題發揮的好好表揚了黑板一番，讚揚黑板在教育與人類文明進步中扮演著何等不可或缺的重要角色。

末代聯考的作文題目是「關於××的記憶」，一般都認為是一個很好發揮的題目，考生多半也覺得得心應手。這題目卻給了我另一種奇異的聯想，當我的少年時代，推行的是淨化社會，傳唱的是淨化歌曲，報章雜誌上刊登小說時，如果用到粗口，就一律以××來代替，如同圖片或影片露點的時候，打上馬賽克的意思是一樣的。

當時正在流行鄉土文學，充滿著鄉土人物與鄉俗語彙，如果不講粗口，那些角色簡直不能說話，於是，我們看著「我×你××」或是「×你的×××」這一類的語句，一邊揣摩著那些×到底有多粗鄙，後來得到一種籠統的認識，反正是×的愈多愈粗魯。如果是我們當時遇見這樣的作文題目，會不會洋洋灑灑寫成一篇粗口的重要性與對於社會的意義這一類的作文呢？

聯考是我的夢魘，當年落榜之後，父母親什麼話也沒說，手牽手出門散步去了，他們到很夜了才回家。我看著他們疲憊的背影，結實的感覺到深刻的愧疚，但我對於聯考這件事仍是無可奈何，除了作文之外，我都不知道自己考了些什麼，答了些什麼？如果我都不知道，閱卷老師哪裡會知道呢？

那時候不知道的事情很多，就像不知道，聯考其實無法決定我的人生，就像隨著時代與生活經驗，××，可以有數不清的排列組合。

污水中的小白船

行徑詭異的納莉颱風，爲台北帶來了百年一見的重創，當海水漲起來的時候，河川滿溢而出的時候，許多抽水站故障的時候，洪水漫漫淹沒一層樓兩層樓，洶湧沖進捷運地下月台的時候，我正坐在停電的黑暗裡，對著一支蠟燭，聆聽震耳欲聾的雨聲。

雨，確實下得很大，氣象局也說這是罕見的超高雨量，但，那聲音其實是我想像出來的，是恐懼感的無限擴大。

台北果然淪陷於水，放了兩天假，我一面慶幸家中沒淹水，還有水有電，一面擔憂著靠在山邊的學校，以及位於地下室的研究室。以這樣的災情來研判，研究室極可能全部淹沒了，我的教材、學生的報告、論文和資料，還有電腦，我開始悲觀的估計將有怎樣的損失，這些損失將怎樣改變我的生活。朋友都建議我去學校看看，但我想到自己什麼事也不能做，便不願去面對那樣的沮喪。開學時助教來電話通知災情，母親轉告我的時候說：「恭喜妳啦，研究室只淹到小腿，並沒有全部淹掉喔。」那一刻，因為一種積極樂觀的態度，研究室淹水忽然成爲喜事一樁了。

我於是帶著母親衷心的祝福，趕到學校去清理淹水的研究室。校旁的軍營也出動幫忙救災了，阿兵哥捲起褲管，拿著臉盆進駐校園，許多抽水機一齊發動，將地下室的水抽出來。研究室的水雖已退去，卻留下厚厚的黃泥，混合著來路不明的穢物，飄散著陣陣腐敗的氣味。我們在阿兵哥的協助之下，用強力水柱沖出地板、書櫃和桌椅，我埋在水柱裡刷著玻璃櫃，忽然想到一直沒水也沒電的受災戶，他們要怎麼清洗？如何重整家園？堆積如山的垃圾將整個台北市掩埋，市民不僅把泡水的傢俱扔出來，趁亂也將不想要的雜物清理出來，不必垃圾分類也不需要垃圾袋，混水摸魚的心態太明顯，清潔隊員日以繼夜收不完，幾百公噸、幾千公噸，收到手臂扭傷都不能休息。

還聽見更令人傷心的，計程車行駛過災區，沒水沒電也沒飯吃的災民，要搭車去外面買食物和飲水，竟有司機大敲竹槓，車資五倍才肯載客。

淹水的或沒淹水的台北人，個個怨聲載道，不能接受這種事竟會發生在自己身上，更不能接受這事彷彿沒完沒了，批評的聲音很多，真正動手幫忙的人太少，倒是兩年前九二一地震受災最嚴重的中寮鄉阿公阿媽趕上台北當義工，無怨無尤投入救災，他們傴僂熱誠的背影，像是洪水中的小白船，在陽光閃現的剎那，帶來真正的希望。

今天不回家

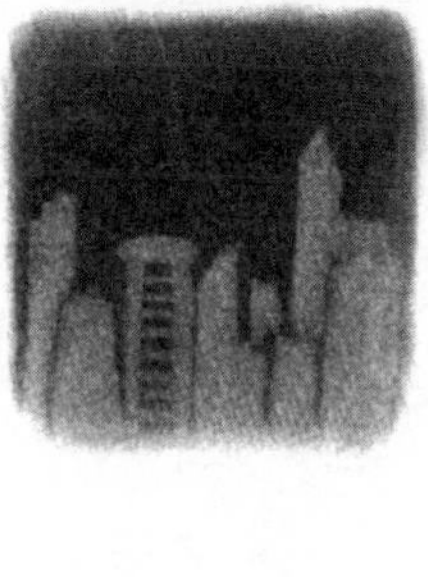

上完一整天的課，從台北的近郊乘校車進城，我在滂沱大雨中下車，轉換計程車回家。大雨已經讓路邊開始積水，我踩在水窪裡，不一會兒，褲管全濕了，背部也感到寒意。等了將近十分鐘，沒有一輛空車靠近來，忽然，我看見一輛空計程車在中間車道停下來，並且搖下車窗向我招手，我就像是即將滅頂的人，忽然看見救生圈拋向我，一種感激涕零的情緒，連忙從車陣與喇叭聲中穿梭而去，直奔到車邊，一面收傘一面準備上車，車門是上鎖的，司機好整以暇地問：「妳要去哪裡？」我說出了目的地，司機大力搖動雙手：「不去不去啦！」轟一聲，揚長而去，順便濺了我一身水。

我就這樣沮喪的站在雨中，台北大水災淹掉了重要的捷運線，據說半年才能修復，我是如此的想念捷運。

捷運停擺，完全打亂了台北人的生活，原本半小時的車程，可能要花一個半小時還到不了，原本已經營運不良的公車突然生意興隆，班班客滿，只是不知道什麼時候，在哪個路段，就會碰上原因不明的大塞車，動也不動的停在那裡，半個小時，四十分鐘，都是常事。

外頭的雨傾倒似的下著，時間彷彿停頓了，人生好像就這樣過完了，有著地老天荒的蒼涼。

我想念捷運開通的那個時候，搭捷運的人個個守法守禮，不在捷運裡抽菸吃東西，順序排好隊，還讓座老弱婦孺，遲到的人也少了藉口，只好準時。免去擠車和找停車位的困擾，搭捷運的人衣著都變得光鮮有型了。

我最想念的其實是計程車的服務態度，因爲有著被捷運威脅的恐懼，司機們的態度都變和善了，絕不拒載短程——三、五分鐘就有七、八十元挺不錯；能載到長程更好——時間長收費也高。捷運疏散大批人潮，街道淨空之後，開車也是一種享受，計程車司機雖然淡淡的抱怨生意不好做，卻也都還能樂在工作。

好容易回到家，我告訴家人，以後恐怕不能回家吃晚飯了，只好在學校等著更晚一點，等著下班的擁擠過去，再想辦法搭車回家。

忽然失去捷運的台北，又回到十年前開挖捷運的「黑暗時期」，並且，有過之而無不及，果眞應了那句「由奢入儉難」。那時的人們在不確定中等待，現在的人們在怨懟的情緒中煎熬，我並不是不想回家，只是不想穿越那麼不快樂的台北城。

水底的車站

原本預計一個月才能通車的捷運線，已經陸續搶通了，但是，有些災情特別嚴重的車站仍未開放，採取過站不停的方式，比方人潮聚集最多的轉運站「台北捷運站」。

建立在地下四層的捷運站，是全線的指控中心，在這次的水災中也涵納了許多水量，簡直成爲一座小水庫了。據說大水漫淹進來的時候，捷運工作人員並不向外跑，而是下到地下五層去搶救那些貴重的器材，將損失降到最低。可惜我們聽不到對於他們的一點鼓勵，只是不斷的譴責和抨擊，更多路線被搶通的時候，捷運局長也因爲憂勞過度腦溢血，住進了醫院。

那天走出電台已經夜了，我忽然萌起去看一看台北車站的念頭，明明知道它將過站不停，卻想看一看那曾經淹沒在水底的車站。

它一直那樣忙碌，南來北往的旅人，在火車站下了車便進入更深的捷運站，百貨公司就在車站上方，還有連綿幾條路的地下街商場，我和家人朋友提著大包小包的東西，排列在人群中，等著捷運進站，送我們回家。快速的步伐，興高采烈的情緒。

此刻，列車駛進台北捷運站，水當然都已經抽乾了，月台上仍殘留著一些水漬，電梯全被拆下來堆積著，許多管線垂掛下來，通風管一截截斷在地上，銀白色的日光燈慘淡地亮著。車速在經過時如此緩慢，喧鬧的車廂忽然肅穆安靜起來，大家不約而同往外張望，彷若戰後的景象，修護人員在晃動的光影裡抬起頭，多麼像是一場前世今生的錯身而過。我們抱怨過的不夠寬敞的月台，現在看起來其實眞遼闊，我揣想著當人們可以再度站在這座月台上等車，會是怎樣的心情。朋友說，搶通的第一班車進站時，月台上曾經響起熱烈的掌聲。這大概是這個城市的人們，第一次給予捷運的掌聲吧。

於是我又想，是什麼樣的心理因素，讓這座城裡的人總是抱怨和抨擊呢？

當年第一座市中心的森林公園開幕時，稀疏的樹木和還沒發芽的草皮，引起許多嘲謔和譏諷，多年之後，我和朋友在柔軟的草地上開讀書會，我們仰起頭讓月光篩過樹影，溫柔的曬在臉上，大家都說這眞是一座美麗的森林。

等待十幾年才等到興建完成的捷運，不管搭不搭捷運的人，提起來總是喋喋不休的埋怨，然而漸漸也放棄開車，放棄計程車，成爲捷運族，一旦捷運泡水，人們的生活全亂了，才意識到我們已經仰賴至深。是不是一定要經過水底的車站，才能映照出我們的情感？

泡麵的滋味

世界棒球賽第一次在台北舉行，不久前才興建完成的天母球場萬眾齊集，振臂高呼，在緊繃對立的選情寒風中，忽然有了將大家凝聚在一起的力量。

老一輩的球迷，滔滔不絕向年輕一輩講古，說起三十年前一群赤著腳的小孩，用木棍和石頭從山裡打進全世界，創造了紅葉奇蹟，打出了台灣人的體育精神與鬥志。

球迷不分性別、年齡和黨派，擊鼓搖旗，在球場裡為中華隊加油。與美國爭奪冠軍賽的星期六黃昏，整座島上的人都瘋魔了，飲恨敗北的時候，很多人的眼睛都紅了。於是等著第二天晚上，古巴與美國的爭霸戰，雖是觀戰卻也有著報仇雪恥的意思。古巴第一位擊出全壘打的球員，受到全場英雄式的歡呼，據說他迷戀上了台灣的泡麵，無論主辦單位準備怎樣豐盛的美食，他都寧願吃一碗泡麵，覺得那才是最美味的珍饈。這位英雄的泡麵宣言，忽然激起台灣民眾的泡麵情懷，誰能忘情棒球？誰能遺忘泡麵的滋味？

我從小就趕上了第一代泡麵，那時最先發明的是「生力麵」，黃色塑膠袋包裝，一團炸黃的麵條加上一小包調味料，一點薄薄的蔥屑飄在煮熟的麵湯上，可是它就是有著誘引人的香氣，明明剛吃飽，聞到就餓了。

不久又出現了當成零嘴來吃的麵，一塊錢一包，叫做「王子麵」或者「學生麵」，從福利社裡把麵買來，先在塑膠袋裡揉碎了，再將胡椒鹽與味素灑進去，就這麼一口一口吃將起來。小學時候如果有個女生喜歡某個男生，常常會將王子麵遞到他面前說：「喂！你要不要吃？」很少有男生可以拒絕這種誘惑。

當牛肉口味的第三代泡麵出現的同時，排骨啦、雞湯啦，炸醬啦、當歸鴨啦……許多口味都躍躍欲試了。家裡沒煮飯的時候；半夜裡熬夜讀書的時候，泡麵的氣味便飄揚起來。

在台灣住過宿舍的男生，幾乎都曾經沉迷於冬天的晚上，一碗肉燥麵加蛋的滋味，直接貫穿腦門。然而，關於泡麵的負面評價也紛紛出籠，說是泡麵使用過量防腐劑，吃太多的人死了之後不必經過防腐，自然變成木乃伊。又說泡麵太油，常吃的人中年之後必然無可救藥的發胖。

現在的泡麵盛裝在碗裡，還有肉塊具體的調理包，雞鴨魚肉各式海鮮應有盡有，包裝十分豪華。我仍常在熬夜難眠的夜晚，爲自己煮一碗牛肉泡麵，冒著惡性肥胖與變成木乃伊的危險，只爲了那種滋味啊，是如此幸福的享味。

當夢境遇上星球

周末夜晚十點鐘，做完了現場廣播節目，在鏡前重新匀妝，然後精神百倍的與朋友行到馬路上攔計程車，往剛剛開幕的全亞洲最大的Shopping Mall出發。同一時間，在這座城市的這裡那裡，正有成千上萬的人，與我們的目標一致，於是，難以計數的車輛就這樣癱滿整條街，堵住每一個出入口。選舉的戰火頻催，選情的詭譎多詐，彷彿都與我們無涉，這座二十四小時的購物商場，徹底改變台北人的夜生活，特別是台北女人的夜生活。從此之後，不再只有Lady's night可以選擇，六萬多坪的空間，走一趟下來絕對比得上一整夜的狂歡熱舞。

總的來說，很像是一場華麗的夢境，發生在一顆璀璨的星球。雖然還不到十二月，京華城前方的巨型聖誕樹已經點燃，巨大的球體百貨，被半圓型的拱狀建築包圍著，處處閃亮著外太空的星光，走在前方的女孩忽然回頭對她的同伴說：「天啊，我覺得好像走在A.I的總部裡一樣……」每一個階梯，每一處轉角，都有令人驚歎的設計。「看見沒有？」我身邊的男人對女人說：「就是這裡，像大峽谷一樣，很有氣勢。」長久以來，飽受各種恐懼與沮喪滋味的台北人，這一刻好像都獲得了撫慰。現在，除了二十四小時的誠品書店，我們還有二十四小時的購物商場了，當然，誠品書店正高倨頂樓，潔淨明亮的空間，安靜的各種書籍陪著不睡的人守夜。宛如台灣人的驕傲的這幢建築物，是由一位外省人第二代沈慶京堅持十五年的夢想完成的。他混過流氓，入過牢獄，跑過船，然後成爲股市傳奇，像古龍小說裡名震江湖的人物似的，人稱「威京小沈」。小說家朱天心《想我眷村的兄弟們》書中提到過他，用如同知己一般的語調「當舉國都不相信他要把那塊唐榮舊址變更爲商業用地並非只爲了賺取暴利，而是想蓋一幢他做海員時在其他美麗的國家看到的美麗建築時，大概只有妳相信他所說的是眞話。」許多次小沈面臨破產的危機，把什麼都變賣光了仍不肯動這塊夢境。

我驚歎著，是什麼樣的一種狂情與迷戀，讓小沈終於建成京華城？又是什麼樣的剔透智慧，讓朱天心不只是小說家還是預言者？當我的年輕的朋友們發出一陣陣歡喜的讚歎聲的時候，我竟忽然酸楚起來，幾欲落淚。

出借一座城市

我在夢中，周末的早晨，從來不需要振奮心情，都是保持著昏睡狀態，直到午餐的香味飄進房裡來。可是，我聽見母親開門進來，揚起聲音喚我：「還不起來？等妳投票呢。」我於是掙扎著，翻身坐起來發獃。

近來每一年都會有這樣的一個周末，準備好圖章和身分證，經人確認我確實是我無誤之後，投下神聖的一票。有時候，我選的選

上了，有時候我選的落選了，感覺很像在拉斯維加斯玩吃角子老虎，全憑運氣。但是，我投下的不是「神聖」的一票嗎？爲什麼會有這麼類似賭博的感覺呢？

我換洗乾淨，與已經等候許久的父母親一起出門投票。我們家有三張選票，分別投給不同的候選人，過去由父親在家裡「配票」的日子已經一去不回了。

我決定投給頭腦清晰，姿態優美的女性候選人，她也是備受矚目的傳媒人，原本呼風喚雨，如今縱身投入政治漩渦，卻連一張文宣品也不印，以身作則，企圖創造台灣清新的選擇風氣。母親在早晨運動時，握到一位候選人的手，溫暖誠懇而有力，決定投一票給他。父親心目中理想人選，是標舉反李登輝反台獨的統派戰將，我明白，從十幾歲就投入戰場的父親，一輩子的戰爭還沒結束。

投完票，善盡一個好國民的職責之後，我出門去辦事，站在街邊等計程車，忽然有一種奇異的感覺，是我聾了？還是突然安靜下來了？排列著的候選人旗海，仍在風裡搖動，在陽光裡色彩繽紛。然而，再聽不見宣傳車高亢的歌聲與候選人聲嘶力竭的拜票聲；再沒有手臂與拳頭的揮動；再沒有委屈的痛哭和血腥的場面，整座城市忽然還給了我們。

不管我們同不同意，每一次的選舉，都必須出借我們的城市，出借給噪音；出借給垃圾；出借給憤怒；出借給激情，然後，我們投下一票，讓事情暫時結束。

許多落選的候選人涕泗縱橫；許多投票人痛心疾首，不惜上演咬舌割指的戲碼。有些人年年抱著期望投票，年年飽嘗失望情緒，像永遠翻不了身的賭徒，有些人失望之後頭痛噁心，選舉症候群於焉產生。出借一座城市的我們，究竟得到了怎樣的回報？

開票完成之後，仍是幾家歡樂幾家愁的場面，夜裡返家，父親仍守著電視，他的候選人落選了，看起來很失望。母親支持的候選人第一高票當選，然而，她並不歡喜若狂，只是歪在沙發上睡熟了。我想，出借一座城市的我們，想獲得的也不過就是夜夜可以酣眠，如此而已。

夜來逛花園

天黑以後，我從餐廳出來，站在最熱鬧的台北東區，忠孝東路上，驀地有些恍惚之感。兩旁接連的名店櫥窗，光輝亮眼，而在人行道上，綿延不絕的是各式各樣的地攤，色彩繽紛，宛若一座夜花園。在台北，這種沿街擺設的地攤一向是違法的，多年來卻從不曾禁絕，甚至衍生出特殊的地攤文化。從擺攤的時節、地點，販賣的貨品，到擺地攤的人，都充滿故事。

捷運站出入口，或是商業集中地區，通常就是擺攤的好地點了。天還沒黑，攤主已經紛紛各就各位，一大包一大綑的貨品還沒攤開，就擱在路邊，倒有點像是要去遠處旅行，準備出發的人。他們有的是打工的學生；有的是家庭主婦；有的是相當專業的擺攤人，最令人難受的是看見中年失業男子，手足無措的站在那兒，臉上寫著惶惑與無助。

這些地攤，其實也是許多學生和年輕上班族的購物天堂，他們雖然也去名店雲集的購物城閒逛，甚至很投入的指手劃腳，可是，地攤的魅力實在太大了。他們可以用台幣三、四百元買到最in的PRADA背包；或者是LV當季流行精品；還有與MIU MIU幾可亂眞的尖頭高跟鞋，女孩們輕易可以將自己打扮成最Non Non的Look，她們心甘情願把錢掏出來。並且絕不會被「仿冒」這樣的問題所困擾，在她們成長的經歷中已經有太多虛假與剽竊了，花錢買一個仿冒的包包，良心上一點也不會愧疚的。

我很喜歡逛地攤，並且觀察著買賣之中殺價的藝術，賣方總是苦著臉，好像自己做的是虧本生意的樣子；買方也常在一陣廝殺之後買是買了，卻疑心自己還是被佔了便宜，我享受著這種爾虞我詐的況味，有時候甚至忘記了自己是來買東西的。

然而，當我小的時候，家庭環境並不寬裕，地攤眞的是很重要的。

記得在十八歲那年，開始追求美麗，我央求父母替我買一雙長靴，但是父母親的工作太忙，根本抽不出時間，我心急地，數著日曆上一天天逼近的新年。好容易等到除夕前一天，我們趕到公館，在人潮洶湧的地攤上，挑選仿皮的長靴，我焦慮的聽著攤販與父母講價；我焦慮地看守著自己選定的那雙靴；我並且想像著纖長的自己穿上靴子可能獲得的讚美。然後，我與高采烈捧著靴子回家，我等著大年初一穿上令自己美麗的靴子，等了這麼久這麼久的靴子。然後，我發現慌亂中我買了兩隻右腳的長靴。

許多年過去，我可以這樣自在的逛地攤，可買可不買，不再有焦慮的心情，這綿延不絕的地攤，成了繽紛的花園。

四成不快樂的老師

曾經「教師」這種行業，是令人稱羨的好工作，固定的上班時間；寒暑假的附帶價值；備受禮遇的社會地位，在台灣的中小學教師，甚至是不必納稅的。

還記得在我小的時候，受到老師的青睞是學生無比的榮耀，父母親爲了討好老師，三節的大小禮品，畢恭畢敬雙手奉上，學生受了體罰，父母親一概指責自己的孩子不對，私底下雖然流著淚替鞭痕敷藥，看見老師的時候，還是鞠躬九十度說：「這小孩不上進，要請老師好好教育，不學好就打，沒有關係。」

直到我上了大學，對老師還是由衷的尊敬，上課時一定起立敬禮，為老師添茶倒水，將講台清理得乾乾淨淨。漸漸地，當我也站上講台成為一位教師，我發現喝一杯學生倒來的水，原來是這麼難得的事；上課時再不會起立敬禮，還要花許多時間肅靜觀眾；必須先把前一堂課的黑板擦乾淨才能上課，學生認為那是老師的工作。

新近的調查報告指出，在台灣有四成的老師不快樂，許多壓力來自於學生家長也來自於與學生之間的互動。

現在的學生家長是既袒護孩子又對教師要求嚴格的，如果學生成績不好，一定是因為老師沒教好而不是學生不用功。在中學教書的我的朋友說：「家長認為老師如果教得好，學生就算不用功也能有好成績的。」

正說著話，她的手機忽然響起，她有兩隻手機，一隻是二十四小時為學生家長提供服務的：「我也不想這麼苦命啊，可是沒辦法，家長會檢討我，說我的服務熱誠不夠。」於是，我的朋友每天五點起床趕去學校，七點回到家，半夜裡隨時會被關心學生的家長吵醒。快要得憂鬱症的我的朋友，當然是不快樂的。但她又不得不如此，因爲外面還有一堆年輕人準備擠進來當老師，教師依然是個令人稱羨的鐵飯碗。

我在校車上聽見一位同事抱怨，上課時問問題，滿座一片窒人的死寂，沒有一點回應。一次又一次，學生抬起眼皮懶懶的掃一眼，索然無味的表情。「簡直是沮喪到快崩潰了。」我的同事說，他後來讓學生上台玩「不回答」的遊戲，不管台上的人問什麼，台下都不能回答也不做反應，學生身歷其境，才明白了那種難堪與打擊。

當了十幾年的教師，我發現自己一直努力著的，就是把自己從四成的不快樂中挽救出來，堅持著快樂路線，擦黑板的時候；學生不搭不睬的時候，都能快樂。

提早降臨的深夜

我一面聆聽著爲張清芳寫詞的新專輯，一面批改著學生的期末考卷，忽然覺得這好像才又回到了自己的生活，像愛麗絲夢遊仙境一般。

接下來該做的事就是和朋友們連絡，告訴他們過去那半年我所過的生活，在夢中，我負責爲一張新專輯打造所有的文字。總是在結束了學校裡的教學工作之後，聲音幾近嘶啞之中，背著大大的背包，手指上的粉筆灰甚至還沒洗乾淨，便穿越城市的昏黃，悄悄進入唱片公司，在錄音室的角落裡坐下。像個準備考試的學生似的，與作曲老師開會，與製作人協商，聽張清芳引吭高歌一遍又一遍，沙沙沙地在紙上作筆記。

整座城市便漸漸夜了，漸漸地很夜了。

有時候製作老師會開車送我回家，有時候他們還沒忙完，於是便送我下樓搭計程車。通常是無線電叫車，比較有信譽，固定叫車的那一家，駕駛座旁一定插一束香水百合或是阿卡百合，坐進車裡一般都是深夜了，是百合香得最豔冶的時候，也是計程車費夜間加成的時段了。

我疲憊地靠進座椅裡，在花香氣息中，聽著計程車跳表的聲響，每跳一次都是「嗶嗶」，與不加成時段的「嗶」，有明顯差異。

嗶嗶、嗶嗶……就這樣一路伴著我回家去。有時候我會忽然感到心慌起來，彷彿聆聽著生命的沙漏，如此迅捷，時時催逼。快要結束工作那天下午，我搭計程車往唱片公司去，坐上車後，司機不斷同我聊天，並且多言不及義，因爲累了，我不想和他交談。在靜默中，我聽見跳表聲「嗶嗶」，爲什麼會是兩聲呢？我看見計費表刻意被一塊抹布遮掩著，又叫了兩聲「嗶嗶」。

「你按錯表了。」我儘量保持平和的語氣。

「哪有？我沒有按錯表啊！」司機直起嗓子喊。

那一刻我忽然憤怒起來：「夜間加成會叫兩聲，現在是下午五點鐘，你以爲是深夜嗎？」

那在前座緊繃起來的情緒與意氣，一瞬間消解無形了。司機說他是不小心按錯了，又說自己是失業了才來開計程車的，說著，他的手機忽然響起，我聽見他用著小心翼翼的語氣說：「不行啊，你要乖乖的，爸爸還在工作，對，你自己寫功課喔，那，妹妹呢？要照顧妹妹喔……」那樣溫柔的哄著小孩的一個父親，我忽然覺得自己是苛責他了。

那一次我照著計費表付車錢給他，雖然他堅持不能收這麼多。

我相信這種行爲必然引來婦人之仁的訕笑，但我不在乎，就當做那天的天黑得早，深夜提前降臨了。

R.O.C.（Republic of Casino）

前一陣子，認識的人遇見了便神秘兮兮問一聲：「看過沒」，偷窺事件變成最重要的頭條新聞，欣賞著別人隱私的同時，也擔憂著自己的秘密。

這兩個星期以來，人們遇見總要躍躍欲試的問一聲：「簽了沒」，彩券是一種新興的全民運動，如果你到現在還沒簽過，簡直有點標新立異了。

台灣人喜歡賭，已經是舉世聞名的了，多年來參與香港六合彩，不遑多讓。如今台灣終於有自己的本土彩券，每個星期二與星期五，開獎的日子，路上堵車嚴重，人人心不在焉，電視頻道全面性的實況轉播。尋找明牌，是現在最常聽見的神聖使命，那些沉寂了一陣子的民間信仰，紛紛死灰復燃，一塊大石頭，纏著密密的紅綢巾，從天亮到天黑，膜拜的人絡繹於途，因爲這塊石公能吐露明牌。許多人追著台北市長馬英九，逼問他的出生年月日，可不是要替他慶生呢，而是或許能得到明牌。有些人重新將璩美鳳偷拍錄影帶調出來，再看一遍，可不是要紓解緊張的心情，而是要從拍攝的時間裡找出明牌。連立委在五星級飯店的性派對疑雲，也充滿線索，飯店地址與投宿的房間號碼，都是民眾簽彩券的重要參考數字。

第一期開獎的時候，首獎並未開出，使得第二期更火熱，好容易首獎開出，由四個人平均分得三億台幣。到底獎落誰家，成爲傳媒熱烈追蹤的目標，幸運的得獎人沒人敢露面，卻有得獎人表示，身邊的親朋好友，沒有一個人知道他得獎的事，就連他最親密的枕邊人也不知道。這樣大的狂喜，卻沒有一個可以分享的人，不是非常孤獨嗎？

又有一位宣稱自己正準備結婚，竟意外得到獎金，我多事的替他擔憂，他們的婚事會不會受到影響呢？突然之間，幾輩子都賺不到的錢從天而降，一定會徹底的改變一個人或是一群人的生命吧？這樣的改變到底是福是禍呢？

有人說這樣的彩券熱能夠挽救台灣的經濟；有人說簽一張彩券就是給夢想一個機會，我看見的卻是，當政府三申五令，不准在澎湖建立賭場之後，卻自己做莊，玩起更大的全民豪賭，中國政府再不用擔心兩個中國的問題，簡稱R.O.C的Republic of China已經被Republic of Casino所取代了。

教室裡的小板凳

因為拍照的關係，我向朋友借來一把小學生在教室裡坐的小板凳，板凳是用木條釘成的，方型座椅，還有個簡單的木靠背。從椅上剝落的漆色判斷，這把椅子的年齡也不小了。

拍完照還沒還給朋友的板凳，就放在家裡玄關的位置，大家正好坐在上面穿鞋。朋友來到我家，不約而同發出讚嘆聲：「嘩！小學的板凳。」

不管穿不穿鞋，都要把自己已經龐大的身軀，勉強擠進板凳裡，端端正正坐好，小學時候的自己回來了。

有個朋友看見板凳，立即轉身問我：「把板凳的板子拆下來打手心，很痛的。妳試過嗎？」

我們那個年代的人，哪個沒試過？

唸小學一定會遇見一個嚴厲的老師，通常是數學老師，雞兔同籠或是最大公約數的歲月裡，每次上課都看見老師板著一張臉，拿著一疊紅字考卷，腋下夾著一條木板，沉重的走上講台。

像我們這種數學不好的學生，私下也有很多小秘方的，在掌上塗萬金油啦，抹薑啦，或者乾脆把麻筋先敲麻，就不會有那麼銳利的疼痛感覺了。

老師一邊發考卷一邊進行體罰，沒及格的排成一排挨手心，常常有學生被板子打得痛哭流涕，我不記得自己挨打的時候哭過，掉眼淚還是要打，一下也不會少，既然如此，何必哭呢？我想像著挨打受處罰的只是我的肉身，接著又想身體是沒有用的，打壞了打爛了也不要緊，我保守著靈魂。我的靈魂是自由的，可以穿越窗戶，飛到操場後面的山上去，站在最高的那棵相思樹上。

話雖如此，板子擊打掌心的聲響，從隔壁班傳來的時候，仍令我戰慄。

板凳與體罰的關連還有很多，有些老師不打人，而是讓學生跪著舉板凳，我看過同學面目扭曲、臉色發白，冷汗涔涔落下，比打手心還恐怖。

「看見這種板凳，我就想到受罰」，朋友說。

而我想到的卻是黃昏，想到放學之後的掃除，那是學校生活裡我最喜歡的時光。小學時候我們每天要打掃自己的教室，在放學的鐘聲裡，將小板凳舉起來，四腳朝天的放在小木桌上，水泥地上的灰塵，在膽黃色的夕照裡，溫柔的飄飛著，土的氣味衝進鼻管中。

我喜歡那時候的教室，沒有喧鬧，沒有體罰，連桌椅都乖乖的。

我也記得小學時常會有實習老師，來帶我們上一段時間的課，通常是清秀的女老師，身上有著怡人的清香，從不體罰學生，好聲好氣的說話。有個女老師把我們帶出教室，遠離課桌椅，到山裡面去認識瓢蟲和蕨類植物。我們戀慕著一個女老師，以戀慕一個成年人的心情，其實那些老師也不過只是大孩子。年輕的女老師像其他實習老師一樣，來了又走了。雖然我們捨不得，我們求老師不要走，我們都哭了，她還是走了。

我在心裡暗下決定，絕不和成年人做朋友，他們太不可靠了。但，我一直很愛瓢蟲和一切蕨類植物。

教室裡的小板凳，現在放置在我家的玄關裡，有時候我拿著一本正在閱讀的書，略顯擁擠的坐進去，懷想著三十年前的自己。那些老師的臉孔已經模糊了，打手心的疼痛也忘記了，但我仍能看見暮色裡排列整齊的課桌椅，它們永遠不能放學。

山都害了相思病

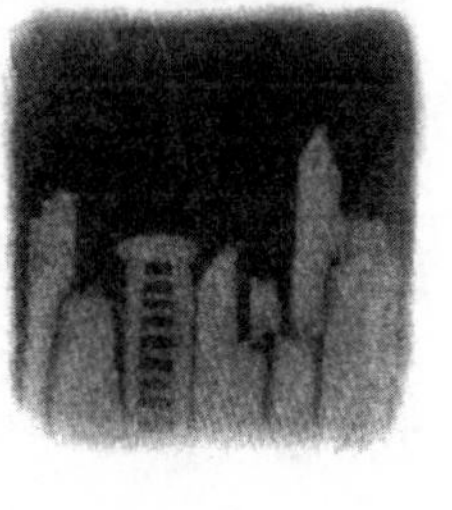

台北四面環山，是一個典型的盆地，山上種植著許多樹木，孩子們的童年都是在山裡過的。我們曾在山坡上捉過金龜子，穿根線讓牠飛著繞圈圈，直到精疲力竭的死去。夏天到了，就準備好火柴盒，將捕捉到的知了放在裡面，聽著牠叫到最後一聲。我們跑著跳著玩著扮家家酒，在栽滿相思樹的森林裡。

不知道台灣人爲什麼那麼喜歡種相思樹？

它的質材並不堅實，但生長迅速，可以製成木炭，據說拿來炭烤烏魚子，特別香甘可口，日本人酷愛這樣的滋味。

小時候我卻總分不出相思樹和鳳凰木的差異，都是高大的喬木，都有著細小的、鳳羽似的葉片。那時候看見相思花開了，就四處宣揚「鳳凰花開了，要畢業了」。同學說鳳凰花是紅色的，那是黃色的，不是鳳凰花。年幼的我嘴上還算尖利：「誰規定鳳凰花只能開紅色的？它想開什麼顏色就開什麼顏色。」

那時的我雖然看起來乖巧，卻也有了惡勢力，班上一個專門逃學的男生，大家看了都怕的，對我特別照顧，此時挺身而出：「她說是鳳凰花就是鳳凰花。我家的鳳凰花也是黃的。」

有一次放學之後，我跟著他進入學校旁邊的山坡上，他身手俐落的爬上一株相思樹，又拉著我上去。我們從那個角度，正好可以看見整座校園，操場、升旗台和水塔，還有一排排在夕陽裡的教室，閃閃發亮的玻璃窗。男生說有個秘密要告訴我，他說他每次逃學並沒有地方可以去，就爬到樹上來看學校，看著我們上課下課放學回家，他便也從樹上下來回家去了。

聽完之後，我很世故的樣子對他說：「我不會告訴別人的，你放心」，講完便有了一種結盟的豪氣干雲。

童年結束，離山愈來愈遠，離相思樹也愈來愈遠了。

今年夏天，整座台灣島嶼都陷在不下雨的乾旱恐懼之中，我們幾乎已經忘記下雨的感覺了，雨水降落在屋瓦上的聲音變成人們的渴想，打開水龍頭流不出一滴水的惡夢壓在我們的眉睫。

然而，山上所有的相思樹都瘋狂的綻放出鵝黃色的細碎花朵，整座山頭一夜之間變黃了，連綿著的金黃像火燄似的燎燒著台北盆地。走進相思開放的林間，有一股瓜果熟透的甜香氣味，嗅著便覺得懶洋洋地。今年的相思花，怎麼開的這麼淋漓盡致呢？學生問我。我說，因爲太久沒下雨的緣故啊，整座山都害了相思病了。

比黃金更貴重

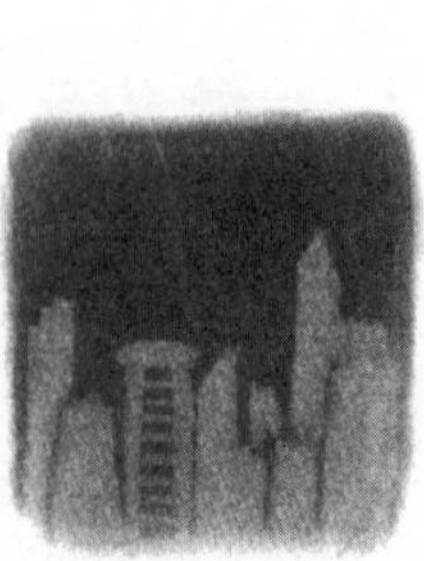

台灣近來常常下雨，大雨、豪雨、雷陣雨，只是那些雨都不下在台北，每一次氣象報告，說台北可望能有60％或70％下雨的機率，我們便虔誠的開始等待，甚至在豔陽高照的時刻還帶著雨傘出門，今天中午離開學校的時候，我在高溫三十六點五度的炙熱驕陽裡，打開雨傘當成陽傘用，免除了中暑或曬傷的憂慮。

但我心中的憂慮仍不能消除。有時候我甚至忽然聽見雨水落在街道上的聲音，或者是嗅聞到雨水落進乾旱土中噴薄而出的潤澤的泥味。

我們在旱災即將到來的恐懼裡度日如年。

也是因爲這樣的焦躁，我開始思索什麼是眞正貴重的東西。當我們缺水的時候，一瓢可飲的清水，就是最珍貴的了。當然，還有一些平凡小人物的眞性情與超凡的熱情理想。

一個叫做美麗的女人，確實有一張美麗的容顏，她的天庭飽滿，年輕時眼波情醉，天生成的美人胚。也或許因爲她的美麗，使她成了酒店坐檯的紅牌小姐。那時候青春正盛，日日笙歌，她又會說會笑，哄得客人眉飛色舞。月入數十萬元的收入，華服名錶的富貴生活裡，她曾經爲了一時興起，大手筆的包下整家餐廳取樂。

那時候的她自己說：「天天想著如何把錢從客人口袋裡釣出來」，就這樣一路做到了酒店經理的位子。因緣巧合之下她加入慈濟功德會，換上一襲藍布袍，洗淨胭脂紅粉，此刻成爲陪伴癌症末期病患的志工，在這些男男女女最後也最艱辛的歲月裡，爲他們清洗也爲他們帶來歡樂，憑的仍是她的會說會笑。現在的她希望自己可以變得好小好小，「最好小到能進入別人的心中」。

還有一個叫做阿銘的男人，在南台灣賣牛肉麵，小學都沒畢業的他，在一缽湯一鍋肉中熬製的，卻是一個大學夢。他不是想唸大學，他是要辦大學，聽見的人最初免不了要詫異的，然而，看著他那麼認眞的做生意，講起他的大學時的近於神聖的表情，就會忍不住欽敬起來，並且覺得那是很有可能的理想啊，雖然他還有五億多元的經費必須籌措。許多人都對他說「不可能」的時候，他有自己的信仰——「大家都說不可能的事，就是我們的機會」。

我在報紙和電視裡看著他們的故事，看著那在醫院裡倒尿桶的手勢；在攤子前面煮麵的手勢，忽然感到一種潤澤而清涼的舒暢，比水更珍稀，比黃金更貴重，甘心情願爲別人付出的熱情與執著。

我帶你回家

華航客機在高空解體失事，距離上次震驚世界的大園空難，只有四年。還記得那時的我正在香港工作，每天到書報室裡讀報看照片，覺得冷空氣從四面八方竄進來把我割裂，在劇烈的痛處與無能爲力的情緒裡，我躲著旁人，偷偷掉眼淚。

如今，海上的招魂與家屬的嚎啕痛哭中，我爲自己的依然無能爲力感到絕望。

翻開報章雜誌，都是令人心碎的報導，我看見這樣一幀彩照，照片裡是一條女人的圓潤手臂，被一雙戴著白手套的手緊緊扣住，彷彿那雙手只要使一點力氣，那女人便會從睡夢中醒來，站起身走回家去。然而，那其實是一雙鑑識人員的手，拉著的是一個已經罹難的女人，手臂上滿是大大小小的瘀傷與割痕，手腕處的玉鐲子依舊完好。

不是都說玉鐲能替主人消災解難嗎？不是都說玉鐲會以它的粉身來換得主人的完全嗎？

驟然而來的死亡訊息會讓人憤怒，甚至超越悲傷。

那個星期六下午，台北有很好的陽光，卻不炙人，微風吹在身上很涼爽，我和朋友歡聚之後，閒閒逛在街頭，忽然，與我同行的朋友接聽一通電話，立即變了臉色，咬著牙破口大罵。那時候我才知道了華航失事的消息，我才知道炙熱的火燄正在不遠處的天空爆炸；我才知道那些乘客從破碎的機身中彈出迅即凍結在冰冷的空氣裡，墜入海底。

親人驟然逝去的消息，會令人連表達哀傷的能力都喪失了。

家屬從期盼親人生還的夢想中，陷入只要能找到親人遺體就好的最低願望，這願望卻也是險阻重重。於是，家屬跟隨著搜尋船出海了，拿著遺照，揮著招魂幡，聲聲喚著親人。竟有罹難者家屬在船上手舞足蹈，不斷拍照留念，惹怒了其他的家屬。那個行爲異常的人是來尋找妻子的，他宣稱夫妻兩人都是虔誠的基督徒，妻子在這樣高的天空中蒙主寵召到了天堂，是件值得慶賀的事，忍不住要拍照留念。我卻以爲還是因爲無法面對死亡的傷痛，發展出來的自我保護機制吧，移悲做喜，以免悲不自勝。

許多家屬已經哭乾眼淚，仍找不到親人的蹤影，我在廣播裡爲他們播放「我帶你回家」：「天黑以後，我帶你回家，讓我把你捧在手心，從此不會再有風雨……，那時候我寫這首歌，只是想安慰失去摯愛的傷悲，並沒有想到，這首歌竟會變成災難頻仍的台灣寶島的，安魂曲。

蓮霧樹上懸彤鈴

夏日的校園，蟬唱一聲緊過一聲，因爲期末考的緣故，籃球場上一個人影也不見，雲影靜靜移過籃球架，進籃得分。

學校後方的住宅區裡，一株株果樹結實壘壘，攀到了人行道上。那是結滿了果子的蓮霧樹，蓮霧從青白變成粉紅再變成赭彤，每一顆都像一粒鈴鐺，滿滿地懸掛了整棵樹，熟透了便落下來，鋪在人行道上。

我記得一個香港朋友很喜歡吃蓮霧，不僅喜歡那種清甜的滋味，更喜歡它詩意的名字。「爲什麼叫做蓮霧呢？」我努力的想了想，大概因爲它成熟的果子有著蓮花的色澤吧，而它的米白色的花朵綻放的時候又很像一團霧的感覺吧。

「那麼，爲什麼不叫做霧蓮呢？」如果叫做霧蓮，不就像是花的名字而不是水果的名字了？我一邊試圖解釋，一邊將來自南部的「黑珍珠」蓮霧切開來，「黑珍珠」、「金鋼鑽」，都是在鹽地裡長成的改良品種的蓮霧，它們變得更大更甜也更昂貴了。

以前，我最初吃過的蓮霧小小的，沒經過改良，有些微酸的澀味兒，卻是我童年裡最期待的滋味。

小學校園就在山邊，鞦韆架後面有一整排蓮霧樹，我們常常把鞦韆盪得好高好高，高到幾乎可以碰到樹葉，幾乎可以嗅到蓮霧花的氣味，幾乎可以摘下樹上的小蓮霧。下課的時候，成群結隊的跑到樹下，用竹竿或是石子打下果實來，有時候齜牙咧嘴的吃了，有時候只是拿來玩，根本等不到果子成熟。那些劫後餘生的果實熟了的時候，就是放暑假的時候了，校園裡頓時空了，樹上的和地上的果子，全都餵了鳥。

孩子們總說，落在地上的成熟的蓮霧不是我們可以吃得的，那麼，該誰吃呢？

大一點的孩子會偏頭望向山邊的防空洞，努努嘴，大家也就意會了。那防空洞是這個校園裡的秘密，滴著水的洞穴深不可測，據說日據時代就存在的，遇上美軍轟炸，百姓就在裡面藏匿躲避。台灣光復之後，這些山邊的防空洞處處可見，有些住著流浪漢，有些全然報廢了，卻仍張著口，陰濕闃黑。

校園中一直傳說有個日本軍人住在洞裡，可能已經是鬼了，他喜歡吃落在地上的蓮霧。沒人見過的日本兵，和他愛吃的蓮霧，是我童年的一則傳奇。

我從落了滿地蓮霧的人行道上走過，用一種中年的從容與自在，一陣風過恍惚聽見鈴聲，是蓮霧樹上的鈴鐺？還是小學校園裡的上課鐘？

當媽媽一絲不掛

十多年前我剛開始在大學裡教書，大一國文課每個月幾乎都要繳交一篇作文，我和學生約定好，在限期之內若不交齊就拒收。學生都是商學院的，課業本來就很沉重，但他們總是依約在當天繳齊，一個都不少。還記得有一回一個女學生請病假沒法來上課，作文缺了一篇，全班都顯出極度遺憾的神情。

第二天早晨我出門，赫然發現信箱裡放著那篇缺繳的作文，和一張致歉的紙條。我從沒告訴過學生自己的住處，不知道她花費多少氣力去打聽，爲的只是一種榮譽感和信諾。

但，這樣的景況，永遠不會再出現了。

我像債主似的向學生苦苦催討作文，他們還是有人到了學期末才交第一篇，並且錯字像是滿佈的地雷。我再也不會像多年前那樣，捧著學生交來的作文，在校車上便迫不及待的閱讀起來。我被那些錯字和顛倒紊亂的文法折騰得神經衰弱，每次改完一班作文，都得好好慰勞自己一番，才能重新振作起來。

國語文程度普遍低落已是不爭的事實，於是有人提議乾脆廢除國文和作文，就可以天下太平了。

很多字詞都是常用的，現在的學生卻失去它們，像是把「觀念」寫成「關念」；「雀躍」寫成「雀悅」；「再見」寫成「在見」……這些常用字不知不覺變成了常錯字，這許多小學時就應該已經學會的字，我在他們的作文上一一標示出來，一遍遍寫給他們看。

今年聯考之後，許多語文科教師舉出學生繆誤的例子，以爲警告。比方他們不會寫「闖紅燈」的「闖」字，於是乾脆寫成「看見紅燈也不停，一直走一直走」，我們失去了語文的精準性。

甚至有學生在作文裡讚揚勤勞持家的母親時寫道：「媽媽很辛苦，每天都把家裡打掃得一絲不掛」，明明是「一塵不染」，竟然變成「一絲不掛」。我們這些國文教師努力的強作解人，說是家裡太乾淨了，一絲蜘蛛網也沒有，所以叫做一絲不掛，但是，沒人覺得好笑。誤用成語的學生起碼還知道一些成語，那些一句成語也說不出來的呢？

這現象引起許多人的恐慌，認爲都是政治因素，我卻覺得整個社會都瀰漫著因循苟且的氛圍，大學聯考時監考老師沒聽見鐘聲；試務人員去郵局領了題目卻沒領答案卷，學生無從作答。看見這麼多荒謬離奇的事之後，看見「一絲不掛」的媽媽，又有什麼好驚奇的呢？

被冰冷鎖住

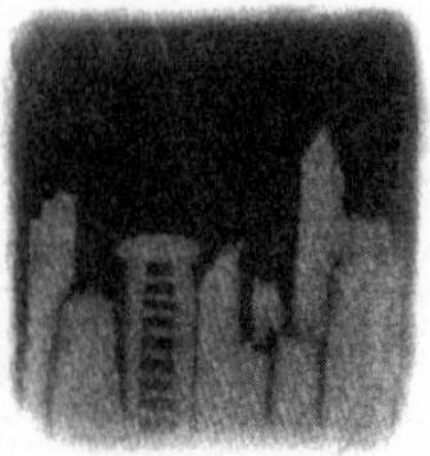

一個十二歲的小女孩，穿越紊亂繁忙的街頭，避開土石流的崩塌；逃過砂石車的追撞；躲過興建高樓上墜落的鷹架；甚至連政治黑幫的火拚流彈也沒能波及，小女孩走進自己熟悉的那幢建築物，她爬上樓梯，再走幾步路就能回到家裡。

親愛的媽媽等在家裡，可愛的皮卡丘等在床頭。

然而，一隻強壯的臂膀攫住她，猛力的將她帶進另一間房子裡。小女孩必然意識到了即將發生的恐怖的事，她大聲呼號慘叫，她甚至奔跑到後陽台去求救，但是，她還是慘遭毒手，被歹徒姦殺之後藏屍床下。小女孩死在自己家門外，下手的歹徒是鄰居，呼救的過程中許多其他的鄰居都聽見甚至看見了，卻沒有人伸出援手。

大家都說，以爲只是家長在管教小孩啊，沒想到……夫妻吵架，或者是管教小孩，都是別人家的「家務事」，這彷彿已經是一個共同默契了。住在擁擠的公寓或大廈裡，我們根本分不清誰是誰的老婆？誰是誰的孩子？有時候聽見吵鬧聲，免不了會又一陣子的提心吊膽，卻沒想過要報警處理，誰家夫妻不吵鬧？你去拍門？必然落個白眼。第二天人家兩夫妻恩恩愛愛手挽著手出現了，擺明了如膠似漆，只是你自己沒見過世面。有時候連警察都驚動了，警察也抹了一鼻子灰。

「各人自掃門前雪，莫管他人瓦上霜」，是最好的明哲保身座右銘。

但我多麼懷念當我小的時候，左鄰右舍靠得那麼近，彼此那麼關心。

這一家的母親要出門，就把孩子寄放到另一家，兩、三家小孩一起吃飯、睡午覺、看電視，玩家家酒。

我的護士母親成年在村子裡忙碌著，這家老人家體弱需要打補針；那家的女人更年期需要打補針；另一家的孩子聯考需要打補針，母親幾乎天天出義診，身上最貴重的配件就是她時時消毒的針盒，大人小孩都歡迎她。

眷村裡的孩子約莫都是頑皮賴骨的，連打針也不怕，家家戶戶掛著雞毛撢子，撢灰塵的時候少，當家法用的時候多，一家打孩子，附近十家左右都能聽聞，那時候的孩子特別能喊，也有著爭取同情的意圖吧。打個十分鐘左右，就會有鄰居來敲門，看看「打得怎麼樣了」？進門之後當然要幫著父母數落孩子一頓的，說得精彩的，有時候甚至引出父母老淚縱橫，與孩子抱著哭成一團。有些實在打得兇了，來探望的人也勸解不了，就會請出鄰居中輩份高、年紀大的，「倚老賣老」的直接進入戰區，「怎麼了？怎麼了？這是打孩子呢還是打賊呢？能這樣打嗎？這孩子不就是像你，這麼個倔脾氣！」通常是頭髮花白的老奶奶，也不管是誰家的奶奶，只要一數落，也就解了圍。

那個年代，夫妻吵架也好，管教小孩也罷，是別人家的事，也就是我家的事。大家相互倚靠，彼此監督，很多壞念頭都被壓抑住了，社會自然單純和諧得多。

謀殺少女的鄰居兇手很快就落網了，倉促到屍體都還沒來得及移出，但是，城市裡的人們心中的恐懼與不安，卻像漣漪一般，緩緩漫延開來。雖然沒有圍牆，人和人的距離卻更遠了，怎樣才能使我們的孩子遠離傷害呢？

爲了安全的緣故，許多社區都裝設了監視器，小女孩回家的歷程被監視器完整錄下來，卻一點用也沒有，我們也許被監視著，卻沒有受到保護。

監視器是冰冷的；兇手是冰冷的；鄰居是冰冷的，整個社會都被冰冷鎖住，我們的冰冷殺死了小女孩。

一分鐘的皮肉錢

和朋友吃飯的時候，抱怨城市生活的紊亂，人心的卑劣，彷彿永無止境的大小鬥爭，說得既頹喪又不免激動。剛從日本回來的朋友，同情的看著我，說，台北也很需要這種捱打出氣的專門行業啊。於是，我才知道，近來東京出現一個退休的拳擊手，在街頭兜攬生意，只要大約日幣一千元，就可以任人恣意毆打一頓，哦，是一分鐘。據說生意好得不得了，整天應接不暇。

這個退休的肉沙包因為作生意賠了許多錢，亟於還債，才出此下策。所以，價錢訂得還算合理，生意自然上門來。有日以繼夜的溫良上班族；有壯志未酬的恭儉退休族，也有忍氣吞聲的主婦一族，他們壓抑太久也太多，正好找到一個發洩管道。

這使我想起多年前，曾在台北街頭看見攤販叫賣「出氣娃娃」，一個塑膠製成的娃娃，頭上纏著白布，穿著格子和服，只要用特製的鎚子敲它的頭，它便發出一陣哀號，一邊笨重的移動身子，像是要逃跑的樣子。老闆一把撈回娃娃，再敲、再敲，娃娃的徒勞與窘困，惹來旁觀者的笑聲不絕，使車聲與煙塵的街角，有了一處發光的歡樂氛圍。

那時不明白娃娃為什麼要做日本人的打扮，現在想來大約就是肉沙包的前身了。

記得香港朋友曾經邀我，去看香港人「打小人」的精彩熱鬧，一年一度的盛會，當時錯過了。後來在電視裡看見有女人從手袋中將她要「懲治」的小人名單取出，嚇！與聯考放榜的榜單差不多的堅強陣容，十分驚人。

其實，誰的心中沒有一些不忿？一些不平？然而，眞要抓來一個不相干的人到面前，任你毆打，你可下得了手？下不了手就成不了一門生意。

那肉沙包是個拳擊手，又有全身的防護裝備，他雖然不可以還手，卻可以躲避。這就免除了一般人「強凌弱」的憂慮，下手時不致有太大的罪惡感。肉沙包還可以接受客戶要求戴上某些人的面具，代罪羔羊的角色如此鮮明。

「一分鐘很快就過去了」，客戶與肉沙包都這麼表示。然而，要有多長久的痛苦壓抑的過程，才會蓄積成那一分鐘的憤怒？我想像著一分鐘之後，客戶蹲在地上抱頭痛哭，手中握著皮肉錢的拳擊手怔怔的佇立著，在那車聲與煙塵的街角。

不只是服務

我的一些還在大學唸書的學生要參加師資班的課程，除了查核他們的在學成績以外，還需要導師的推薦。於是，在報名截止的那一天，我的辦公室內外擠滿等候簽名的學生，我一一爲他們在推薦表格上簽名，同時，我很想認眞的問一問：「究竟爲什麼，你想當一個老師？」

以往，女性爲了教師工作有寒暑假，能兼顧事業與家庭，所以，很樂意選擇教師為職業。在經濟特別不景氣的那幾年，為了在工作上獲得更好的保障，國中、國小老師又有免稅的優惠，激發起許多從事教育工作的熱情。那麼，時至今日，這些新世代為什麼想當老師呢？

老師是一個該下十九層地獄的人。從小就聽過一個笑話，說是一個殺人越貨的江洋大盜，死後落入十八層地獄，受盡苦刑，怨聲連連，卻聽見地下還有人在哀嘆，於是詢問誰比他的罪孽更深重？只聽那人說道：「我是一個老師，因為誤人子弟，所以落入十九層地獄。」記得說這笑話的是我的一個老師，同學們痛快的大笑起來，可我一點也不覺得好笑，可能已經預知自己將來會成為一個老師吧。

某位教育局官員為表示對小學生的重視，為他們舉行記者會，傾聽他們的心聲。有一個小男孩便對官員說：「我覺得我的老師應該下十八層地獄！」全場愕然，小男孩陳述理由：「因為他教我上課的時候不要講話，我還講話，他就教我到後面罰站。」大家都笑起來，那位官員露出理解祥和的笑容，卻使我不寒而慄。

為什麼沒有人告訴小男孩他做的事和他的想法都不是正確的呢？沒有人糾正，沒有人說明，小男孩仍覺得自己是對的，老師應該下地獄。

沒有人教導，於是等到有事情發生的時候，就只有「震驚」的份了。就像那一對國小六年級的男生女生，親密得過了火，被大人撞見之後，從家長到師長到政府官相關首長，都只是「震驚」與「不能置信」而已，卻沒有人告訴他們如何表達適當的情感；如何保護彼此的身體與心靈。大人們的反應好像總是這樣的模式。

老師要全心全意提供最好的服務。我的一個學生在對教師這工作的期許上是這樣寫的。

多年以來的教學生涯，我從沒想過自己做的是服務業，雖然有一段時間私立大學教師被歸於服務業類別。我以為自己是一個心靈工程師，至於服務，再怎麼努力也比不上7-11和麥當勞吧，我想。

不哭的小孩

新竹市的「夜歸人」PUB遭人縱火，造成八死十二人輕重傷的慘劇，對於台灣民眾來說，這樣的不幸事件彷彿已成了固定的模式一般熟悉。無法置信，悲痛逾恆的家屬；深表哀悼，一定徹查的長官，因爲永遠不能「還一個公道」，於是，家屬披麻帶孝去抗議索償。

這一次警方在七天之內破了案，將縱火嫌犯逮捕，面對大批媒體的包圍，年輕的嫌犯因酒醉而闖下滔天大禍，戴著手銬的他雙手掩面，哭泣哽咽，不停地說：「對不起，對不起，眞的很對不起……」他的眼淚，他的懺悔，都無濟於事了。

但，他起碼還能哭泣。

我看見在這事件中不哭的人，卻令我有一種訴說不清的悲傷。那是在受害者家屬的抗議行動中，看見一對失去母親的小姐妹，兩個稚幼女孩不過三、五歲的樣子，身穿孝服，被父親抱攬在懷中。我的心中一緊，覺得不忍，失去母親已是不幸，有什麼必要讓原本應該受到保護的孩子暴露在充滿敵對的環境中？孩子們的到來，對這事件或是已逝者或是家屬有什麼好處？鏡頭掃過一個小小女孩，那孩子忽然抬頭，對著鏡頭大喊：「我們不要同情！」她的臉上有一種孤絕高傲的神情，眼神銳利閃光，那不是一個孩子的臉，不是一般孩子遭遇創傷的驚懼或者悽惶，她甚至沒有哭。

另一個約莫是姊姊的五歲女孩，接受記者訪問的時候說：「等我長大以後，我要報仇。」她也沒有哭，一字一句的說著，話語平穩，沒有太多激動，卻是相當確定的。

這是因為大人有意無意的灌輸，或是在她自己遭遇不幸之後的了悟呢？她要報仇的對象是縱火嫌犯，還是整個社會？縱火嫌犯有法律的制裁，不應該由小女孩來「動手」；社會除了罪惡還有善良公義，小女孩若果然抱著「報仇」的念頭，將會有怎樣的成長？懷抱著「報仇」意念成長的孩子，是幸福還是不幸？我多麼希望她很快可以忘記這樣的信念，重新過日子。

當我想到有一個小女孩一心一意等著長大，只是為了要報仇，便覺得背脊發麻，陷溺在深深的憂傷裡。

孩子確實是脆弱的，很多時候可能比我們想像得更脆弱，所以，他們受到二度傷害或數度傷害的機會也更多。成人常為了一些並非絕對必要的理由，讓孩子接觸到不適合的環境，扮演不適合的角色，然後自我安慰的想，反正小孩子很快就會忘記的，沒有什麼關係。只不過愈來愈多的例證告訴我們，童年經驗，終生不滅，特別是一些負面的記憶。那麼，我們將給予我們的孩子怎樣的記憶，伴隨他們成長？

再見，成功再見

已經走過四十年歲月的成功嶺集訓，即將劃上句點，正式走入歷史了。而與成功嶺有關的一切卻如此鮮明，成爲一種記憶的密碼。對許多父母來說，兒子上成功嶺去，是一件可以在菜市場大聲宣揚的事，那起碼具有兩種意義：一是自己的兒子身心「健全」，才具有入伍的資格；一是必須是大專生才能被征召上嶺，因此，「成功」嶺上正有著父母親望子成龍的期盼，尚且討了個好彩頭。

這是台灣男性第一次非自願的離家與群居生活，和一大群袍澤裸身共浴；坐成一堆等著發信；一個口令一個動作；對於分明很愚蠢的指令絕對服從；在天地猶未甦醒的平原上行軍，這很可能是他們生平第一次進入的純男性俱樂部。

種種不公平、不合理的遭遇，都變成男人們日後交換當兵經驗的最好素材。提起「那時候在成功嶺上如何如何」，女同學們自動離席，因爲那些是男性的密碼，不屬於女性。女性對於成功嶺當然也有女性的回憶，通常是在探親假日裡，婆婆媽媽姊姊妹妹，女朋友和女同學，將嶺上充滿膨脹起來。

記得弟弟上成功嶺不過兩天，立即有遊覽車業者送來各種探親專車的價目表，每個探親假都推出專案，不但送票到府，人數多還能優惠打折。爲了表示對嶺上的軍人的情意，我們當然也就聲勢浩大的組了一團人；爲了表達慰勞的意思，父母連夜滷了一大鍋各式滷味，我們圍坐在營區草地上，吃起野餐來，一時間也忘了一路上噩夢般的堵車之苦。

自從台灣女性攻佔男廁後，也在各方強烈要求下，攻佔了成功嶺。

第一批女兵浩浩蕩蕩登嶺成功，引起傳媒一陣狂熱。幾個星期下來，赫然發現媒體緊盯不放的是「最美麗」的女兵，因爲最美所以趕通告、上訪問，被詢問有沒有拍電影或是出唱片的打算？那些打靶最準的、震撼教育中表現最好的、受訓成績最優秀的女生呢？她們爲什麼沒有被提及？究竟是軍事訓練還是選美大賽？這恐怕是當初澎湃豪情，不讓鬚眉，上嶺去與男生一較長短的女生始料未及的吧。

「我倆臨別依依，怨太陽快昇東。我倆臨別依依，要相見在夢中。」成功嶺上入睡前必定播放的「今宵多珍重」，也將成爲記憶裡的絕響了，猶帶著青春的氣味與淚水。

我的夢書店

在香港教過的學生來台灣旅行，我們在熾熱的台北盆地見面了，她們的行程安排得很緊，共進午餐的時候，我問她看過台灣的市場嗎？嚐過台灣的新鮮酪梨牛奶嗎？她都搖頭。後來我問，去過誠品了嗎？她問：「誠品是什麼？」我霍然起身，拉著她們馬上出發。

在車上我告訴她，那是台灣最有名的文化櫥窗，也是香港觀光客的重要觀光景點。不管白天或深夜，只要在誠品裡頭隨意晃盪，

一定可以聽見廣東話，香港人手提一袋「新東陽」逛誠品的身影，也變成誠品固定的風景了。

我的學生疑惑地隨我在書店前下車，還弄不清方向，就被迎面而來的她的朋友一把拉住，兩個女生都用廣東話興奮寒暄：「好久沒見，妳怎麼在這裡？」

當香港朋友或東南亞的朋友來台北，對台北的交通頻頻蹙眉；對台北的建築物沒啥好感，我都很慶幸，還好，我們還有一個光亮的書店品牌，在台灣的焦躁與闊綽之中，增添了一些生活的厚實質感。

那年到香港任教，曾有電視台找我主持一集談話性的節目，探討港台兩地的書店文化差異，也談到夢想中的書店的樣子。當時，香港出現許多面貌更新的二樓書店，爲閱讀環境提供了新的刺激，我也花了不少時間流連其間，每一次都構想著自己的夢書店。

那一定是一半賣新書，一半賣舊書的空間；那裡的員工絕不可以用香水，也絕不販賣咖啡，才能保留獨特的紙張與油墨的氣味。我的夢書店不准穿鞋，這樣行走其間才會像天使一樣輕巧，說不定眞能引來天使的憩息，不過腳丫子的怪味可能會造成不小的困擾。

希望書店裡的店員即使不查電腦，也能知道每一本書擺在哪裡；希望書店裡的書都沒有實用性，那麼，來逛書店的人的步伐就不會如此匆促。我的夢書店要有一面好大的天窗，等天黑以後，月光會靜靜的透進來爲我曬書。正因爲這樣的書店可能永遠不會開張，我盡情的幻想它的模樣，爲它加上階梯，裝上門窗，永遠不用擔心它的經營與租金。

曾經聽說已經說了好幾年的香港誠品眞的要開張了，還聽說是在我最喜歡的那個球型賣場，有遼闊的天窗，被維多利亞港灣溫柔的環抱。於是，我又多了一個探訪香港的理由——看一眼香港人的夢書店。然而，只是說說，誠品書店還是沒到香港去，就像我的夢書店，每天只在心裡開張，從不打烊。

偷窺與購物袋的必要

偷窺，這種行爲一直以來都存在於人類社會，當我們進行偷窺的時候，帶著好奇與興味；當我們被偷窺的時候，覺得自己受到嚴重的侵犯。

從我們對周遭人的隱私的探問，到八卦雜誌狗仔隊的名人盯梢，乃至於基於國家安全的考量，政府對人民展開的監控，這些年來已經成爲小說戲劇取之不盡的題材，特別是好萊塢的商業電影，用各種不同的角度與手法表現，一再取得票房的佳績，也引爆許多話題與討論，「楚門秀」堪稱其中的代表作品。

最常聽見的問題就是：「假如你是Trueman，發現自己的一舉一動都在別人的窺探中，會選擇留下還是離開？」我所聽到的答案，差不多都是義無反顧的離開，因爲不能忍受。

然而，在網路的世界裡，一種偷窺與被偷窺的風潮竟然已經悄然興起了。

台灣有一些特殊的網站，是收費供人窺視別人的生活的，現在還在試看階段，所以免費，因此更吸引了許多人上網觀賞。

被窺視的多是一些年輕的俊男美女，攝影機架在固定的地方，拍攝著他們的日常生活，看書、打電腦、聽音樂，也用不甚清晰的畫面，呈現他們的更衣或者沐浴。據說這樣的窺視都是經過當事人同意的，可能當事人也收取費用。他們不介意自己被窺視，近來聽說這些網路上的當事人還收到不少鮮花禮物，儼然成爲新一代的偶像了。

美國也有一名男子，在自己家中裝置攝影機，一天二十四小時，在網路上不斷播放他的生活，包括睡眠的靜止時刻，全世界的網路族任何時間都可以窺探他的生活，簡直就是「楚門秀」的現實版，他因此成爲世界名人，甚且登上「TIME」雜誌的封面。

這些訊息彷彿透露著，現代人不再介意被窺視，甚至歡迎被窺視。

我的想法卻是，很多時候人都會覺得孤寂，希望被注意，窺視其實滿足了「受到注意」的心理需求，讓人覺得自己很重要。那些被窺視的當事人，既然知道鏡頭在哪裡，是否會有表演的性質呢？假若一切行爲都在表演的動機下進行，那麼伴隨窺視而存在的，對於眞實的強烈渴求，又能殘留幾分？整個窺視與被窺視的過程，有多麼荒謬？

許多旅館或賓館，都以反針孔偷拍爲招徠手法；許多百貨公司或電影院的洗手間，都以絕無針孔相機讓顧客安心，可是，我的女性朋友仍認眞的建議，爲了防止針孔相機的偷窺，如廁時最好把購物袋套住頭部。我相信人們對於被窺視這樣的事，仍存在著原始的恐懼，我也相信偷窺行爲一旦被啓動，就不會有終止的一天了。

設計離婚的聯想

小時候一直憧憬偵探的生活，穿著黑色披風，戴深色墨鏡，神秘兮兮的，拿一台相機，喀嚓喀嚓，就可以把兇案偵破，將壞人繩之以法。

後來看見報上刊登的徵信社廣告，才知道原來業務如此繁雜，包括尋訪失物或失蹤人口，外遇蒐証，挽救婚姻……等等。記得那時最令我好奇的是，如果感情已經破裂，婚姻關係已形同虛設，一所徵信社要如何才能挽回？這好像是上帝才能做到的事了。但，無論如何，人們對復合這件事抱著希望，起碼是一種對美好事物的願景。

近日看見報上的徵信社提供了新的服務項目，叫做「設計離婚」，也看見了這個社會的新興需求。

離婚和結婚一樣，都是出於雙方的意願，這意願都有著生活可能更愉悅幸福的企盼。過去，我聽說過有女人以「懷孕」或「仙人跳」種種方法，設計男人結婚的例子，這時候女人多半是含著淚滿懷委屈的，下嫁了她們本來就想嫁的男人。

在設計離婚的案例中，委託人也有許多是女性，她們想結束婚姻卻苦無方法，便向徵信社求助，徵信社所使用的很多也就是女人最原始的方法，「外遇懷孕」或是「仙人跳」。

我聽過警方公佈徵信社與委託人的電話錄音，委託人懷疑的問：「那，有女人願意做這種事嗎？」

徵信社的人樂觀的笑著：「安啦！有錢能使鬼推磨，沒聽過喲？」

於是，行動展開，當事人莫名其妙被設計；莫名其妙飛來豔遇；莫名其妙被跟監拍照，突然變成國際級通緝犯，彷彿藏匿了國家戰略機密，從來沒想過一夜之間成爲「楚門的世界」男主角，這一切只是因爲他的妻子想要和他離婚。如此而已。

我總覺得這是殘忍的，因爲當事人並不知道他得付出這樣大的代價，他的隱私被暴露，他的情感被愚弄，最後，他一無所獲，除了羞恥和仇恨，什麼也得不到。至於委託人或許在事後達到了目的，卻永遠洗脫不了欺騙的罪惡印記。

從「挽救婚姻」到「設計離婚」，我看見人與人之間的信任愈來愈淡薄，也看見人們逐漸失去了重建的耐心，只願意在毀棄之後尋找新的可能。在日益疏離的人世間，我苦苦思索著，這究竟是一種契機？還是更無望的荒涼？

在這裡，

過那裡的生活

在這裡，過那裡的生活

我到朋友的辦公室裡探望她，四面八方的裝飾，都是她從美國帶回來的。她在小學時被送到美國唸書，她所有的好友都是美國人，她連講夢話都說英文，她一直以爲自己會一輩子呆在美國，然後，她握著一杯咖啡在甘迺迪機場發愣，她在兩年前回到了台灣。但，她仍時時覺得自己還在紐約生活。我和她到 Starbucks喝咖啡的時候，她總要用英文order，所幸侍應生都能應對無誤。紐約雙子星大樓被炸燬的時候，她徹底崩潰了，連失戀的痛苦也不能及。她在台北，過著紐約生活。

我的年輕的朋友，從頭到腳都穿著日本名牌，他必定去日本人的髮藝沙龍染髮和剪髮；他的CD隨身聽播放的是柚子最新單曲；他的床頭貼著窪塚洋介的海報；自從看過「戀愛世代」之後，他存了許久的錢去Tiffany買了一只水晶蘋果，因爲他相信將來他遇見那個最愛的女孩，這蘋果能爲他們保持相愛的恆久與溫度。我們常常約在日本人開的咖哩店或是義式簡餐店吃飯，四周有日本人笑談的話語聲，他正專注的和我訴說，冬天來臨時要到北海道旅行的計劃。「日本人都夢想一生能有一次去到北海道的」，他如是說，我很想揭露事實眞相——你並不是日本人啊——但，他眼中虔誠的光，使我說不出口。他在台北，過著日本生活。

我的年齡相當的那個朋友，有許多個人的堅持，他堅持不用電腦，因為電腦過度使用的結果會使人腦荒廢；他堅持妻子應該去傳統菜市場買菜，因為那裡售賣的是忠誠的新鮮；他堅持兒子應該學理工，女兒當然唸文組，因為他唸書的時候都是這樣的。為了女兒要隆鼻，妻子要拉皮，他和她們大吵一架，冷戰四十八天，他相信自然的就是最美的。他在二十一世紀，過著二十世紀中葉的生活。

在感情的空檔期，我約了異性好朋友到電影院看恐怖片，尖叫的時候幾乎把好友的手臂掐到瘀青，接著又一人一杯熱咖啡，在山上併肩觀看盆地裡的夜景，我在單身，過著戀愛生活。有時候我刻意不與情人見面，孤獨的穿越城市，盤踞在夜書店裡，等候天明。失眠的夜裡一遍遍聆聽著悲傷的歌曲，我在戀愛，卻過著失戀生活。有時候我覺得自己那樣狂野，在機車後座抱攬著一具年輕強壯的胴體，迎風而飆，彷彿只有十八歲。有時候我覺得自己非常衰老，埋首在幾千年的經史子集之間，什麼都看透也都明白了，彷彿已經八十歲。

我們總說人應該要「活在當下」，但是，當下往往是最難面對的，因為當下裡有太多不能盡如人意的，有太多無法改變的，我們於是僞裝成另一種人，在另一個地方，過著另一種生活，尋求必要的安慰。

我在『曼調斯理』專欄中試圖描繪我所生活的這座城市，香港的朋友有時候會問我：「妳生活得不太開心吧？」因爲災難這樣多，亂象層出不窮，我好像應該是不快樂的。可是，仔細想想，快樂的時候還是比不快樂更多一些，因爲我學會，在這裡，過著那裡的生活。聽起來好像不切實際，其實，卻巧妙的形成保護機制，讓我在荒謬有時，殘酷有時的世間，還能愉悅的舞蹈。

東京

傳說。張曼娟

傳說她的心靈是一座磁場
總是吸引著許多美好的事物
那麼
這磁場必然相當遼闊
容納著古往今來
包涵了憂喜悲歡
傳說她的眼睛最善於遠眺
能看見許久以前和多年以後
所以
她講故事最是令人心動
我們屏息看她
翻閱時光詩詞
那些既熟悉又遙遠的故事
輕輕碰觸
璀璨華亮如河漢
破空飛起

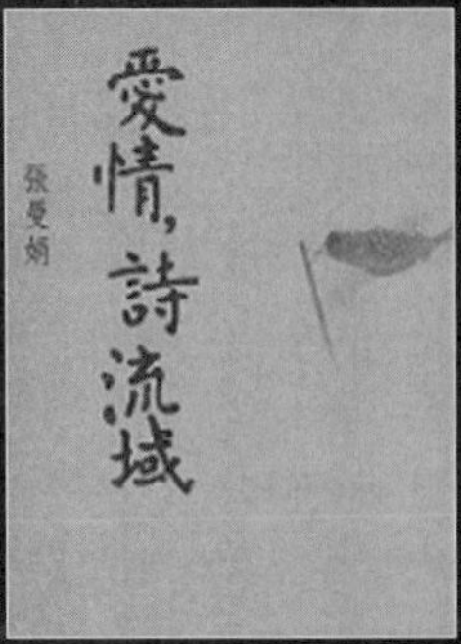

張曼娟藏詩卷I

愛情，詩流域

那個夏天，我們都在讀詩，
彷彿回到童蒙時代，
郎騎竹馬來，遶床弄青梅，
午後的蟬在樹上響亮鳴唱，
從第一首詩的古早，到永不止息的未來。

二五六頁，二四〇元

我們是從一九九九年開始的，要將古典詩歌與現代情懷，沖積成一片美麗的流域。我是愛詩的，愛它的悠遠浪漫；也愛現代生活，愛它的倉促現實，我想從詩中的愛情開始著手，於是，我們掘出了第一條水流。——張曼娟

三十首悠遠雋永的中國古典情詩，三十則細膩動人的現代愛情故事，在世紀之交的絕美相逢。張曼娟以現代觀點詮釋古典詩作，以古典精神拼貼現代愛情形貌，帶領讀者進入一個探索古典領域的全新視界。

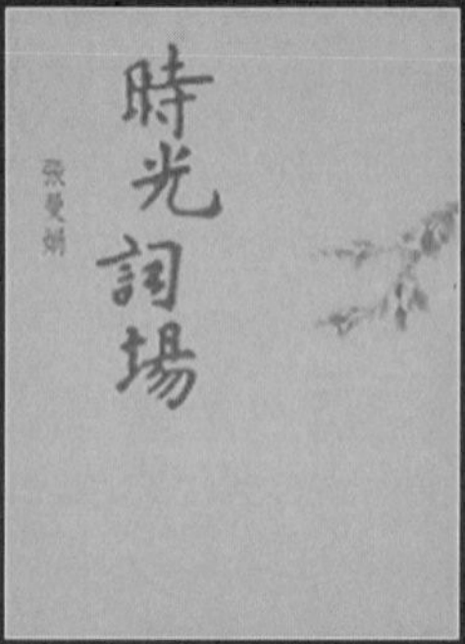

張曼娟藏詩卷II

時光詞場

二四〇頁，二二〇元

少年聽雨歌樓上，紅燭昏羅帳。
壯年聽雨客舟中，江闊雲低斷雁叫西風。
而今聽雨僧廬下，鬢已星星也。
悲歡離合總無常，一任階前點滴到天明。

少年的歡樂無憂，壯年的飄泊流浪，老年的閑淡了悟，這就是人生了。那雨是恆久的背景，永不離棄的陪伴，也是知曉一切秘密的。人生的秘密，時光的秘密。新的一百年開啓之際，我從雨中醒來，有一種跋涉長途之後的心滿意足。於是，我將這些經歷緩緩寫下來，如果其中也有你的心情，請不要驚奇，你知道，雨水啊，知曉著時光中所有的秘密的。——張曼娟

沿襲《愛情，詩流域》跨越古典、現代的精神，精選各朝代精華詞作十八篇，涵括蘇軾、李清照、辛棄疾等著名詞人作品，題材上包羅人生各進程的際遇與心境，深入人生的種種悲歡苦樂。張

曼娟以最擅長的短篇小說呼應每一首詞作的深刻內涵意蘊，並以長期浸淫中國古典文學的獨特視野，解析原作的時空背景與內容。動人的現代情愛故事，將再一次引領讀者進入或蒼茫或婉約的古典詩詞世界。

國家圖書館出版品預行編目資料

曼調斯理／張曼娟作. — 初版. — 臺北市：
麥田出版：城邦文化發行，2002[民91]
面；　公分. —（張曼娟藏詩卷；3）

ISBN 986-7782-05-4（平裝）

855　　　　91016258

麥田出版

廣　告　回　郵
北區郵政管理局登記證
北台字第 10158 號
免　貼　郵　票

城邦文化事業（股）公司

100 台北市信義路二段 213 號 11 樓

請沿虛線摺下裝訂，謝謝！

麥田出版

文學・歷史・人文・軍事・生活

編號：RC2003　書名：曼調斯理

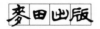

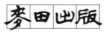

cité 城邦

讀者回函卡

謝謝您購買我們出版的書。請將讀者回函卡填好寄回，我們將不定期寄上城邦集團最新的出版資訊。

姓名：________________ 電子信箱：________________

聯絡地址：□ □ □ ________________________

____

電話：（公）________________（宅）________________

身分證字號：________________________（此即您的讀者編號）

生日：______年______月______日　性別：□ 男　□ 女

職業：□ 軍警　□公教　□ 學生　□ 傳播業　□ 製造業

□ 金融業　□ 資訊業　□ 銷售業　□ 其他 ____________

教育程度：□ 碩士及以上　□大學　□專科　□ 高中

□ 國中及以下

購買方式：□ 書店　□ 郵購　□ 其他 ____________

喜歡閱讀的種類：□ 文學　□ 商業　□ 軍事　□ 歷史

□ 旅遊　□ 藝術　□ 科學　□ 推理　□ 傳記

□ 生活、勵志　□ 教育、心理

□ 其他 ________________________

您從何處得知本書的消息？（可複選）

□ 書店　□ 報章雜誌　□ 廣播　□ 電視

□ 書訊　□ 親友　□ 其他 ____________

本書優點：□ 內容符合期待　□ 文筆流暢　□ 具實用性

（可複選）□ 版面、圖片、字體安排適當　□ 其他

本書缺點：□ 內容不符合期待　□ 文筆欠佳　□ 內容平平

（可複選）□ 觀念保守　□ 版面、圖片、字體安排不易閱讀

□ 價格偏高　□ 其他 ________________

您對我們的建議：

____